登場人物紹介

ヴィクター

ライズ王国の筆頭魔術師。
美しい容姿から
言い寄られることが多いため、
他人と一線を引いているところがある。
魔物からアマリリスを助け出し、
弟子として迎え入れる。

アマリリス

表情の乏しさから『氷の聖女』と
呼ばれていた少女。
心優しい性格で、聖女の力を
武力のために使うことを嫌う。
婚約者と異母妹により
祖国から捨てられてしまうが、
ヴィクターと過ごしていくうちに
少しずつ笑顔を取り戻していき…？

ネイト
シュヴァール王国の王太子。
自己中心的で名誉欲が強く、好戦的。
目的を叶えるためには手段を選ばない
卑怯なところがある。
カルラ
アマリリスの異母妹。
魔法学校での成績は優秀で、
アマリリスではなく自分こそが
真の聖女なのだと、
姉を追放してその地位を奪う。
ロルフ
ヴィクターの弟子。
感性が鋭く、人の気持ちに敏感。
自分に手を差し伸べてくれた師である
ヴィクターを尊敬している。
ほのぼのとしているが、
たまにませたところもある。

「今のうちに、逃げましょう」
「ヴィクター様！どうしてここに？」
振り返ったアマリリスの目が大きく見開かれる。最後に会いたいと願ったその人を目の前にして、彼女は信じられない気持ちでいた。

偽物と捨てられた氷の聖女は、敵国で幸せを掴む

妹に濡れ衣を着せられましたが、追放先で待っていたのは溺愛でした

Memeko
瑪々子

Illust. 雪子

目次

第一章　追放

シュヴァール王国の王宮で催されていた華やかな夜会の会場に、王太子ネイトの怒声が響き渡る。

「アマリリス、この悪女が！」

夜会の場に足を踏み入れるなりそう叫んだネイトは、冷ややかな眼差しでアマリリスに近付くと、腰に差していた剣を鞘から抜いて彼女の喉元に突きつけた。

その直前、ネイトの婚約者であるアマリリスが、彼のエスコートなくひとりで夜会の場に姿を現したことにざわめいていた貴族たちに、一層大きな衝撃が走る。豪華なシャンデリアの光を浴びて鋭利な剣が輝く様子に、周囲の空気が凍りついた。

アマリリスの代わりにネイトの隣に控えているのは、彼女の異母妹のカルラだ。ネイトは、アマリリスに剣を向けたまま告げた。

「お前は真の聖女がカルラであることを隠して、聖女だと偽っていたな。お前との婚約は、今この場で破棄させてもらう！」

折れてしまいそうに華奢なアマリリスの肩が、びくりと跳ねる。白銀の前髪に隠れて、長い睫毛を伏せた彼女の赤い瞳が揺れていた。それまで賑やかだった会場は、ネイトの声と鬼のような形相に、水を打ったようにしんと静まり返っている。

艶やかな金髪をしたカルラは大きな碧眼を潤ませると、豊満な身体をさらにネイトに寄せながら、彼の腕に触れた。

「ネイト様、お姉様にご慈悲を。どうぞ剣をお収めくださいませ」

その言葉に、ネイトの表情がふっと和らぐ。

「カルラ、君は優しすぎる。これまでアマリリスに利用されていたのは、君だというのに。……それだけではない。アマリリス、お前はカルラを手にかけようとしただろう？」

そうネイトが吐き捨てると、会場に集う華やかに着飾った貴族たちから、再び細波のようなざわめきが起こった。

——あのアマリリス様が、妹のカルラ様を殺そうと……？

——確かに、彼女なら、それくらい顔色ひとつ変えずにやりそうだな。

アマリリスは上品に整った顔立ちをしているにもかかわらず、その表情の乏しさから、一見すると冷たい印象を受ける。シュヴァール王国では好まれない色素の薄い白銀の髪も、紅玉のような瞳も、聖女というよりは妖魔のようだと一部の貴族から陰口を叩かれることもあった。

『氷の聖女』というあまり喜ばしくないふたつ名が付けられて、国内だけでなく国外にまで知れ渡っているようだということをアマリリスは理解している。

けれど、実際のところ、アマリリスはいつも婚約者のネイトの後を三歩下がってついていくような令嬢だった。俯きがちで口数も少なく、大人しくネイトに従っているように見えたアマリリスを悪女と罵る彼の言葉に、夜会に集まっている貴族たちは、困惑と好奇心の混ざった視線を彼女に向けていた。

青ざめたアマリリスが、必死に言葉を紡ぐ。

「私、決してそんなことは……」

「お前の言い訳を聞くつもりはない。カルラ、アマリリスではなく、君が聖女であるという証拠を皆に見せるのだ」

ネイトのそばで控えていた従者の手には、一本の杖があった。銀色の竜の頭部と翼、そして尾があしらわれた美しいその杖は、三百年ほど前に王国に現れた前聖女が使っていたと言い伝えられている、神聖なものだ。竜の両目には真紅のルビーがあしらわれ、今にも動き出しそうなほど精巧に作られていた。

そして、それはアマリリスが聖女認定をされるきっかけになった杖でもある。

「承知いたしました」

頷いたカルラは、『聖女の杖』と呼ばれるそれを従者から受け取った。すると、まるでカルラに呼応するかのように、彼女の手の中にある聖女の杖がたちまち眩い光を帯びた。

周囲の貴族たちのざわめきが、より一層大きくなる。

「聖女の杖が、カルラ様に反応したぞ……！」

「なんて素晴らしい輝きなんだ」

「では、本物の聖女様は……」

アマリリスは、自分に向けられる視線が一気に冷たくなったことを感じた。それだけではなく、彼女は気付いていた。カルラの口角が、隠し切れず、勝ち誇ったように上を向いていることに。

ネイトがカルラを抱き寄せながら満足げに笑う。

「皆もこれでわかっただろう、カルラが本物の聖女だと。アマリリスの手の中で、聖女の杖がこれほど眩く輝いたことはない。アマリリスは、妹のカルラの力を利用して彼女の代わりに聖女の地位を手中に収め、この杖を我が物顔で手にしていたのだ」

アマリリスは、カルラの手の中で光を放っている杖をぼんやりと眺めた。

（私、聖女になりたいなんて望んだことは、一度もなかったのに……）

彼女は聖女と認定された日のことを遠く思い返していた。

シュヴァール王国では、成人と認められる齢十六を迎える年に、国民の誰もが、神殿に祀られている聖女の像の前で祝福の儀を受ける。聖女は精霊に愛されし者と言われ、聖女像の手には、かつて魔物から王国を救う際に歴代の聖女が使ったという聖女の杖が抱かれていた。そして、この聖女像には特別な力が宿ると伝えられている。

この王国の子弟は、授かっている魔力の強さに応じて、魔法学校と普通科学校に進路が分かれる。貴族は高い魔力を生まれ持つことが多いため、通常は魔法学校に進学する。その中でも、魔法学校で優秀な成績を誇る非常に強い魔力が認められた者が祝福の儀の際に前に立つと、稀に聖女像がふんわりと光を帯びることがあった。そのような場合には、聖女像もとりわけその者の成人を喜んでいると言われ、栄誉とされるのだ。

ところが、アマリリスが成人の年を迎え、祝福の儀の際に聖女像の前で跪いた時、異変が起こった。伯爵令嬢にもかかわらず、魔法学校にすら通っていなかったアマリリスの前で聖女像が明るい光を帯びたかと思うと、聖女像に抱かれていた杖が輝いてその手から滑り落ち、彼女の前にころころと転がってきたのだ。

祝福の儀の場は大騒ぎになった。これは聖女の再来に違いないと、あっという間に祀り上げられて聖女に認定されたアマリリスは、その後すぐに王太子ネイトの婚約者に据えられた。聖女は国に偉大な恵みをもたらすと、そう言い伝えられているからだ。

誰よりこの事態に驚いたのは、アマリリス本人だった。これまで魔法を使ったこともなければ、そもそも自分に十分な魔力があるのかさえもわからない。そんな自分が聖女とされることは、アマリリスにとってはまさに晴天の霹靂だった。それにもかかわらず、アマリリスが聖女の杖を手に取ってみると、杖は途端に美しい輝きを放ち、さらに、彼女が神官に伝えられた呪文を試しに唱えると、初めての光魔法がいとも簡単に発動したのだ。

そんなアマリリスの聖女認定に度肝を抜かれた者は、他にもいた。異母妹のカルラを含む、彼女の家族だ。

アマリリスの母が亡くなった後、後妻として嫁いできた女性は、彼女の母の友人のひとりだった。義母が生前の母を見舞う姿を何度も見かけていたアマリリスは、母の死後すぐに父に嫁いだ彼女に対して、幼な心に割り切れない思いを抱えていた。その思いは、妹のカルラが生まれてさらに強いものとなった。彼女が嫁いで来てから、あっという間にカルラが生まれたからだ。カルラが生まれた時期から逆算すると、実母の存命中に義母が妹を妊娠していた計算になると気付くのは、アマリリスがもう少し成長してからのことだったけれど。

そんなアマリリスの思いを知ってか知らずか、義母は嫁いでくるとすぐに彼女を疎んじた。カルラが生まれると、義母のアマリリスに対する態度はさらにひどいものとなった。少しでも口ごたえしようものなら、服に隠れて人目につかない部分を遠慮なく打ったのだ。

カルラも、成長するほどに義母に迎合した。それだけでなく義母は、義理の娘のアマリリスをあからさまに差別して彼女をメイド同様に働かせるようになる。それを拒めば、アマリリスは食事にありつくことすらできなかった。

さらに、父までも、そんな義母と異母妹のふるまいを見て見ぬふりをしていたことが、アマリリスの心を深く傷つけた。幼い頃は朗らかだったアマリリスから少しずつ笑顔が消えていき、その顔は次第に生気がなくなり仮面のようになっていった。彼女の表情があまり動かないのは、そんな不遇な生い立ちによるものだ。

アマリリスが魔法学校の入学試験すら受けられなかったのも、裏で義母が手を回し、雇っていた家庭教師に袖の下を渡して、彼女には魔法の才能も魔力も乏しいと証言させたからだった。

もしも、聖女認定を受けたアマリリスが実家での日常を王家に告げ口したなら、どんな罰が下るのか。そう縮み上がった三人だったけれど、ネイトとアマリリスの婚約式に参加していた時に自分とアマリリスとを見比べるネイトの表情に気付いたカルラは、ひとつの確信を得ていた。彼は、間違いなく異母姉よりも自分に惹かれている、と。

アマリリスを氷のようだと評するなら、カルラはまるで砂糖菓子のように甘い、庇護欲をそそるかわいらしい容貌をしていた。豊かな明るい金髪にぱっちりとした碧眼は、シュヴァール王国で最も好まれる。さらに成長したらどれほどの美人になるのだろうと予想させるような色香も、カルラはまだ十三歳だった当時から漂わせていた。彼女はネイトの気を引こうと、ことあるごとに理由をつけて彼のそばに現れた。婚約者の妹だったために、それもたやすかったのだ。

さらに魔法学校の成績もよかったカルラは、自分こそが本当の聖女なのではないか、姉のアマリリスは、自分のそばにいるせいでなんらかの影響を受けているだけなのではないかと、そうネイトに繰り返し訴えた。そして、自分こそが将来の王妃、つまり彼の婚約者に相応しいということも。カルラの囁きに、ひと目で彼女を気に入っていたネイトも瞳を輝かせていた。

カルラの言葉が一層真実味を帯びたのは、彼女が成人の儀を迎えた時に聖女像が強く発光したからだ。アマリリスの成人の儀の時よりも、さらに眩く輝いた聖女像の話を耳にしたネイトは、アマリリスとの婚約を解消してカルラと婚約を結び直すことを考え始めた。

それに加えて、カルラが姉に嫉妬されて命まで狙われたとひと芝居打ったことも、彼には都合がよかった。カルラと違って自分に媚びることもなく、憎々しく思っていたアマリリスを、ネイトは断罪することに決めたのだった。

「アマリリスを捕らえて、牢屋へ連れていけ」

ネイトの言葉に、アマリリスがハッと我に返る。凍りついたように固まっていた彼女の前に、進み出てきたひとりの若者がいた。

「王太子殿下、お言葉ですが……」

青年はネイトの前に跪くと続けた。

「アマリリス様の成人の儀の際、聖女の杖が発光し、アマリリス様を迎えるように彼女のもとへと転がっていったことも事実です。カルラ様の手の中で杖が輝いたからといって、そのように早急なご判断をなさるのは、いかがなものかと存じます」

針の筵《むしろ》のような状況の中、アマリリスを庇う彼の言葉に、彼女の視界が薄らと涙で滲む。

（ラッセル様……）

彼は、シュヴァール王国魔術師団の参謀を務める魔術師である。そして、魔法学校に通っていなかったアマリリスが聖女認定され、ネイトと婚約し、魔法の学習と王妃教育のために王宮に住まいを移してからというもの、王宮で彼女に魔法を教えている魔術の師でもあった。温厚で魔法の腕が立つ愛妻家の彼のことを、アマリリスはまるで本当の兄のように慕っている。彼も、そして彼の妻も、アマリリスの成長を温かく見守ってくれる、実の家族よりもずっと頼りになる存在だ。

けれど、ラッセルの言葉を、ネイトは鼻で笑った。

「はっ。アマリリスは、真の聖女であるカルラの影響を、なんらかの形で受けていただけだろう。それに、今までだって彼女は聖女に相応しい働きをなにひとつしていないではないか」

そもそも、アマリリスが聖女の力を使う機会はこれまでに一度もなかった。聖女の名に恥じないようにと、魔法の腕を磨くため、努力と研鑽を重ねてきた彼女ではあったけれど、今のところお飾りの聖女と言った方が正しい。

シュヴァール王国には平和な年月が長く続いている。前聖女の存命中には王都や町々を脅かしていた魔物たちも、今ではすっかり鳴りを潜め、人里離れた森の奥に生息しているのみだ。滅多に人間の前に姿を現すことはない魔物たちを、見たこともないという者の方が多いくらいだった。

「それは……」

さらに言葉を続けようとしたラッセルに、ネイトはきっぱりと言い放った。

「それ以上はやめろ、ラッセル。お前まで罰することになる」

ですが、とそれでも反論しかけたラッセルを、アマリリスが止める。

「ありがとうございます、ラッセル様。……もう十分です」

笑顔とは呼べないほど微かに口角を上げた彼女は、近付いてきた兵士たちに両腕を抱えられるようにしながら、牢屋へと連行されていった。


薄暗く冷たい地下牢の中で、アマリリスは肌身離さず身に着けているロケットペンダントをギュッと握りしめていた。ロケットの中には、彼女の最愛の母の形見である、ひと房の白銀の髪が入っている。それは、アマリリスが受け継いだのと同じ髪色だ。

硬いベッドに腰かけていると、階段を下りてくる足音が次第に近付いてきた。アマリリスが視線を上げた時、ネイトとカルラの姿が目に映った。

「お姉様」

最初に牢に駆け寄ってきたのはカルラだった。彼女の手には、輝きの収まった聖女の杖が握られている。彼女は牢の中のアマリリスを覗き込むと、ネイトを振り返った。

「ネイト様。いくらお姉様が力を妬んで私の命を狙ったからといって、こうして牢に閉じ込めておくというのも……」

カルラの言葉を、アマリリスは牢の中から遮った。

「違うわ、カルラ。私、そんなことはしていない」

「黙れ」

恐ろしい声でそう言ったのはネイトだった。ネイトはカルラと、その手にある聖女の杖を見つめた。

「カルラがお前に聖女の杖を貸してほしいと頼んだ時、お前はそれを断っただけでなく、杖の先でカルラを刺そうとしたそうだな。本当は彼女こそが聖女だと発覚してしまうことを恐れたのだろう」

聖女の杖の先端は竜の尾を模してあり、鋭い銀色の刃のようになっている。けれど、アマリリスは首を横に振った。

「それも違います。私は……」

確かに、カルラがアマリリスの持っていた聖女の杖を羨ましそうに見つめ、貸してほしいと口にしたことはあった。けれど、それは無理矢理にアマリリスの手から杖を奪い取ろうとしながら言われた言葉であり、彼女は咄嗟に妹の手を振り払っただけだ。聖女の杖がわずかにカルラを掠めはしたけれど、彼女は無傷だったし、妹を傷つけようなどとアマリリスは考えたこともない。

ネイトはアマリリスの言葉には耳を貸さずに薄く笑うと、視線を彼女からカルラへと移した。

「なあ、カルラ。やられたことは、やり返せばいい。その聖女の杖でアマリリスに自らを貫かせたらどうだ。そうしたらこれ以上、彼女は牢の中にいる必要もない」

彼の笑みに、アマリリスはぞっと背筋が冷えるのを感じた。ネイトが忌々しそうに続ける。

「役立たずの上にいつも無表情で、身に着けるドレスだって地味で流行遅れのものばかり。どうして、姉妹でこうも違うものなのだろうな」

カルラは王国で流行の最先端の、肩を大きく出した淡い黄色のドレスを身に着けていた。彼女の色っぽい身体の線を惜しげもなく拾うそのドレスは、かわいらしい彼女をよく引き立てている。それに引き換え、アマリリスが纏っているのは露出の少ない紺色のドレスだった。彼女の華奢な身体が泳いでしまうようなそれは、お世辞にも似合っているとは言い難い。

アマリリスの義母が用意したそのドレスを、文句も言わずに彼女が着ていたことには理由があった。彼女の肩や背中には、それまで義母やカルラが腹を立てるたびに、彼女を火かき棒で思い切り打った痕が消えずに残っているからだ。アマリリスが回復魔法を使えるようになってからも、まだ古傷を消すことはできずにいる。自分たちのしてきた仕打ちが明るみに出ることを恐れた義母は、アマリリスの傷痕を隠せて、かつカルラの引き立て役にしかならないようなドレスばかりを選んでいた。傷のある聖女なんて外聞が悪い、お前の力だって疑われると、そうアマリリスに言い添えることも忘れずに。

カルラは手にしていた聖女の杖とアマリリスを見比べてから、慎重に口を開いた。

「神聖な聖女の杖でお姉様を血塗れにさせてしまうなんて、私は反対ですわ」

ここで仮にアマリリスが自害すれば、まず間違いなく姉の身体は検《あらた》められるだろうとカルラは考えていた。姉への虐待の可能性が明らかになる可能性を懸念していたのだ。

「それよりも、お姉様にも救いのある道を提示して差し上げてはいかがでしょう」

「ほう、やはりカルラは優しいな」

目を細めたネイトが、愛しげな視線をカルラに向け、それとは真逆の凍てつくような視線を牢の中のアマリリスに投げる。

「とはいえ、真の聖女のカルラを害そうとしたのだ。アマリリスを厳罰に処すことは免れないが……」

ネイトの耳元で、カルラがなにやら囁いた。ネイトの瞳が残忍な光を帯びる。彼は満足げに頷いた。

「いい案だ。もしアマリリスが本物の聖女だったなら、きっと問題はないだろうからな」

目を見交わしたふたりは、アマリリスに向き直った。

「アマリリス、お前に最も相応しい場所に追放してやろう。……カルラに感謝するんだな」

ネイトはそう言い捨てると、振り返ることなく、カルラと共に牢の前から立ち去った。

（私、これほどまでにネイト様に嫌われていたのね……）

牢屋から遠ざかっていく足音を聞きながら、アマリリスは深い溜息をついた。

婚約式で初めてネイトに出会った時から、彼の瞳が自分ではなくカルラに向けられていることにアマリリスは気付いていた。妹と自分を見比べて、『お前じゃない』とネイトが言いたげだったことも。艶やかなヘーゼルの髪に空色の瞳をした端整な顔立ちのネイトが、今よりもさらに痩せて貧相だった自分を見て顰《しか》めた顔も、その時に感じた胸の痛みも、アマリリスは昨日のことのように思い出せる。

それでも、表向きは自分を婚約者として扱ってくれるネイトに、アマリリスは静かに従っていた。それは、今まで家族から服従を強いられていた彼女にそれ以外の選択肢が思い浮かばなかったことに加えて、それまでの家族からの仕打ちに比べたら、まだまともな扱いをされているように感じられてもいたからだ。

アマリリスは自分がネイトの役に立てるのならと、魔法の訓練にも王妃教育にも必死に取り組んでいた。そんな彼女に彼は素っ気なかったものの、感情を押し殺すことにとっくの昔に慣れていたアマリリスにとって多少の虚しさをやり過ごすことは難しくはなかった。

けれど、そんなネイトからひどく嫌われたとアマリリスが確信する出来事が少し前に起きた。彼から、隣国のライズ王国への侵攻に手を貸すようにと言われたのだ。そのきっかけは、隣国での稀少資源、リドナイトの発見だ。

それは硬度と魔法への耐性が高い、特殊な鉱石だった。材料としてうまく使えば、軽くて防御力が高い上、魔法攻撃にも耐え得る強力な防具を作ることができる。非常な高値で取引されているその鉱石は、特に魔力の高い魔物の被害が多い国にとってまさに垂涎《すいぜん》の品だ。

隣国で稀少資源が採掘されたという噂がシュヴァール王国にも広がり始めた、半月ほど前のこと。隣国の王太子たちを招いたパーティーが王宮で催され、アマリリスもネイトと共に参加していた。その裏にあるネイトの目的は稀少資源の利権を巡る交渉だ。稀少資源が見つかった場所がシュヴァール王国との国境にもほど近い場所だったことから、ネイトは自国に有利な条件でその利権を譲らせようとしていたものの、結局、交渉は決裂に終わっている。

小規模な隣国から、強国と目されているシュヴァール王国が交渉を跳ね除けられたことに、彼は怒り心頭だった。

◇◇◇

交渉の決裂後、ネイトはアマリリスを呼び出すと、不遜な笑みを浮かべた。

『お前の聖女の力が、ようやく役に立つ時が来た。ライズ王国を攻め落として、この国の配下に収めるぞ。侵攻に備えておけ』

『それはできません』

初めてネイトの目を真っ直ぐに見つめて反論したアマリリスに、ネイトは苛立ちを隠せない。

『なぜだ』

『戦をすれば、必ず多くの民の命が失われます。このシュヴァール王国の民の命も、そしてライズ王国の民の命も。この聖女の杖に宿る力は、民を守るためのものと考えております。どうかご再考くださいませ』

ネイトは鼻息荒く言った。

『お前の考えなんてどうだっていい。俺が欲しいのは、お前のその聖女の杖の力だ。お前の魔法は十人並らしいが、その杖の力は素晴らしいと聞いているからな』

ラッセルに魔法を習ううち、すぐにアマリリスにわかったことがひとつあった。聖女の杖が非常に大きな力を秘めているということだ。杖なしでは、アマリリス自身には未だ覚束ないような高度な魔法でも、聖女の杖を手にするだけで、簡単に強い威力を発現させることができる。ネイトを含む周囲もその事実をよく理解していた。だからこそ、聖女像の一部と化していた杖が選んだと思われる彼女を、聖女としてネイトの婚約者に据えたのだ。

『ですが……』

『お前はいったい、なんのための聖女だ』

大袈裟な溜息と共に、ネイトは憎々しげな視線をアマリリスに向ける。

『この国に魔物の被害がほとんどない今こそが、ライズ王国に攻め入る好機だ。しかも、あの国は未だ魔物の被害にあえいでいて、戦の準備もままならないようだ。……ライズ王国は、かつてこのシュヴァール王国の一部を成していた国。あんな稀少資源まで出たのだ、取り戻す方が国益に資するに決まっている。それを、俺がこうして頼んでいるというのに、お前は協力を拒むつもりか？』

　ライズ王国の独立は、歴史上、シュヴァール王国の同意を得て認められたものだった。友好的というには多少の緊張感を伴うものの、今でも両国は中立的な関係を保っている。ただ、魔物の被害も多く、小規模でこれといった特徴もなかったライズ王国を、これまでシュヴァール王国は対等な相手として扱ってはこなかった。それが、ライズ王国で稀少資源が見つかったことで、急に風向きが変わったのだ。

　アマリリスは再び口を開いた。

『ネイト様の考えていらっしゃることは承知しております。……それでも、申し訳ございませんが、この杖の力で民の血を流したくはないのです』

　国対国の力関係に照らせば、ライズ王国が国力を強めることは、シュヴァール王国にとって望ましいものではないとアマリリスにもわかってはいた。けれど、魔物の被害にあえぐ隣国にこそ、魔物対策に有益なその鉱石が使われるべきであるように彼女には思われた。そして、ライズ王国は決して好戦的な国ではないということも、アマリリスは隣国の王太子たちと対面した時に感じたのだ。

　ネイトははっきりと顔を歪めた。

『これだけ言ってもわからないのか！　使えない奴め』

彼はアマリリスの手から聖女の杖をひったくると、彼女を睨みつけてから踵を返して立ち去っていった。

そして、その後にネイトが満を持して開催した夜会で、アマリリスは彼から婚約破棄を告げられることになるのだった。

◇◇◇

ネイトとカルラが去ってしばらくしてから、アマリリスのいる牢に再び足音が近付いてきた。ランタンの灯りに目を細めたアマリリスの耳に、気遣わしげな声が届く。

「アマリリス様！」

「ラッセル様、来てくださったのですね」

ホッと表情を緩めたアマリリスに、ラッセルの方が泣きそうな顔を向けた。

「アマリリス様はなにも悪くないということは、僕にはわかっています。貴女様のような方が、妹君を殺そうとするはずがない。それなのに……僕の力ではなにもできず、申し訳ありません」

ラッセルは、アマリリスに魔法を教える中で、彼女がひたむきで素直な努力家であることに驚き、見た目とは裏腹に優しく穏やかな性格も好ましく思っていた。そして、聖女の杖を使わなければまだ発展途上ではあるものの、彼女の魔法の才能に十分な可能性を感じていた。ただ、アマリリスの魔法には、ひと言では説明が難しい不思議な違和感を覚えることもあった。

悔しそうに唇を噛んで項垂れたラッセルに向かって、アマリリスが首を横に振る。

「いいえ、ラッセル様。こうして私のことを気にかけてくださって、ありがとうございます」

アマリリスは、ラッセルにも彼の妻にも、とても親切にしてもらっていた。アマリリスに王妃教育を施した教師たちが淡々と彼女に知識を詰め込んでいくだけだったのに対して、ラッセルは彼女をひとりの血の通った人間として扱ってくれた。

表情の乏しい彼女の話を聞いて不憫に思ったラッセルの妻が、手作りの焼き菓子を差し入れてくれたこともある。自分のためだけに作られた菓子に、アマリリスはうまく笑えないながらも、目に涙を浮かべて彼女に礼を伝えた。彼らと過ごした時間はアマリリスにとって、実母と過ごした幼い頃以来の優しく穏やかなひとときだった。

アマリリスに魔法を教えた日々を思い出して寂しげに笑ったラッセルは、彼女をジッと見つめると、少し声を落とした。

「これから貴女様にどのような運命が待ち受けているのか、僕にもわかりませんが。この国を出ることになるのであれば、できることならライズ王国の僕の友人を頼ってください」

「ラッセル様のご友人ですか……？」

目を瞬いたアマリリスに、ラッセルが頷く。

「はい。彼は年の近い友人でもありますが、僕が最も尊敬する魔術師でもあります。昔、ライズ王国に留学していた時に彼と共に魔法を学んだことがあるのですが、彼ほど優れた魔術師を僕は他に知りません。まさに、天賦の才の持ち主です。……アマリリス様は、先日王宮で開催されたパーティーで、ライズ王国の王太子たちに会われましたね？」

「ええ。王太子のルキウス様と、その婚約者様にご挨拶しました。おふたりの護衛のためにいらしていた隣国の筆頭魔術師様と、毒見役の少年にも」

「僕の友人というのは、王太子たちの護衛を務めていた隣国の侯爵であり、隣国一の魔術師でもあるヴィクター様です」

「まあ」

アマリリスの白い頬が微かに染まる。ヴィクターの顔を、彼女は今でもはっきりと思い出すことができた。夜明けの空を思わせる群青の髪に神秘的な青緑色の瞳を持つ人目を惹く美貌の彼は、柔らかな物腰をした不思議な魅力のある青年だった。

◇◇◇

パーティー当日、毒見役の少年の顔色が悪いことに気付いたアマリリスは心配になって、そっと少年に近寄って声をかけた。ネイトがパーティーの途中からアマリリスを放置していたため、あまり注目を浴びることなく動けたのだ。もしも毒見役がパーティーの最中に体調を崩したなら、事と次第によっては両国の関係に大きなひびが入る可能性があった。

少年に回復魔法をかけようかとも考えたアマリリスだったけれど、その時、自分が聖女の杖を手にしていないことに、はたと思い至った。パーティーの間は、武器にもなり得る杖をさすがに持ち歩くわけにはいかなかったからだ。

（困ったわ……）

シュヴァール王国聖女の冠を拝している立場にもかかわらず、公の場で半人前の回復魔法を披露するような真似をしてはならないということは、彼女も理解していた。

けれど、その時、アマリリスを見上げた少年が嬉しそうにぱっと顔を輝かせたのだ。

『わあっ……！』

なにをしたわけでもないアマリリスは、それまで青い顔をしていた少年の頬に血の気が戻ってきたことには安堵したものの、いったいなにが起こったのだろうと困惑していた。

その時、少年の隣にいたヴィクターが彼女に笑いかけた。

『ありがとうございます、アマリリス様』

『いえ、私はなにも……』

ヴィクターは少年の頭をぽんと撫でた。

『彼は繊細なところがあって、少し具合が悪くなっていたのです。でも、おかげ様で随分とよくなったようですね』

『そう、なのでしょうか……？』

むしろ、硬い表情から冷たく見られがちなアマリリスは、少年を怖がらせてしまわないかと心配していたくらいだった。彼女が氷の聖女と呼ばれていることを、彼らも知っているはずだ。

少年の反応にきょとんとしていた彼女をヴィクターは真っ直ぐに見つめると、再び微笑んだ。

『貴女様のような方がいるなんて、シュヴァール王国が羨ましい。もし気が向いたら、いつでも我が国にいらしてくださいね。いつでも貴女様を歓迎しますから』

彼の横で、かわいらしい少年も大きく頷く。

『はい、そのうちに是非』

アマリリスが改めて少年を見ると、彼の耳の先が少しだけ尖っていることに気が付いた。彼はにっこりと大きな笑みを浮かべ、ぴょこんと頭を下げてから、ヴィクターと一緒にルキウス王太子のそばに戻っていった。

親しみを込めて笑いかけてくれたヴィクターの後ろ姿を、アマリリスは後ろ髪を引かれるような思いで見つめる。

（なんだか、不思議な方だったわ）

アマリリスは、まだ狐につままれたような気分を拭えずにいたけれど、彼の言葉はなぜか、単なるお世辞には聞こえずに、すうっと彼女の心に染みていた。

もっと彼と話したいと思っている自分に気付いて、アマリリスの頬が仄かに染まる。ネイトには、これまで自分を認めてくれる言葉など言われたことがなかった。そのせいもあってか、ヴィクターの言葉が、なおさら彼女の心を温めていた。

私は王太子の婚約者なのだからと、そう自分に言い聞かせてはいたけれど、男性に対して、アマリリスの胸が初めて弾んだ瞬間だった。

◇◇◇

今でも、ヴィクターの深い色合いの美しい瞳や耳に心地いい澄んだ声の響き、そして温かくて飾らない態度が鮮やかにアマリリスの心に残っている。ルキウス王太子に伴って来た隣国の筆頭魔術師の名を冠する人物が、まだ年若い彼であったことも驚きだった。

ヴィクターの名を聞いて不思議な縁に驚いていたアマリリスに、ラッセルが続ける。

「ですが、アマリリス様もご存じでしょう。……この国とライズ王国との間で、きな臭い噂が出始めていることを」

「ええ。ネイト様はおそらく、カルラと共にライズ王国に攻め入るつもりだと思います」

「やはり、そうでしたか。戦は避けたいところですが……」

顔を顰めたラッセルに、アマリリスは小声で、ネイトからの頼みを断ったくだりをかいつまんで伝えた。彼はアマリリスの言葉に頷きながら耳を傾ける。

「ヴィクター様は信頼できる方です。彼ならきっと力になってくれることでしょう。ただ、このような状況でアマリリス様がライズ王国に足を踏み入れた場合、その目的を疑われる可能性も少なくないかもしれません。どうぞ、お気を付けて」

鉄格子の間から差し出されたラッセルの手を、アマリリスがそっと握り返す。

「貴方様に魔法を教えていただけて、私は本当に幸せでした。心から感謝しております、ラッセル様」

「僕こそ、このような機会をいただけて光栄でした。貴女様は、まだまだ伸びしろが大きい。いずれその才能が花開けば、聖女の杖がなかったとしても、きっと立派な魔術師になられると思います」

彼はアマリリスの先行きを案じながらも、彼女に向かって微笑んだ。

「アマリリス様の幸運をお祈りしております」

「私も、ラッセル様の幸運を願っております。どうか、お元気で」

ラッセルは、彼女と握った手に最後にギュッと力を込めてから、牢の前から名残惜しげに踵を返した。

ネイトに婚約破棄をされた翌日、アマリリスは目隠しをされ、後ろ手に縛られて馬車に乗せられた。道中を揺られている彼女の頭に、直前にカルラから聞いた言葉が蘇る。

『お父様もお母様も、私とネイト様の婚約を喜んでいましたわ。この国は私に任せてください。お姉様は、もう戻ってこなくて結構ですから』

言われなくてもわかっている言葉だったけれど、それでもアマリリスの胸の奥は鈍く疼いた。

(でも、ラッセル様もああ言ってくださったのだもの。……シュヴァール王国に突然攻め入られたら、ライズ王国にも大きな被害が出てしまうわ。ヴィクター様にどうにかしてお会いしないと)

奮い立たせるようにそう自らに言い聞かせていたアマリリスの乗る馬車が、次第に速度を落としていき、ごとごとと音を立てて止まる。

「さあ、降りろ」

同乗していた兵士に目隠しを外され、背中を押されて彼女が降り立ったのは、大きな洞穴の前だった。

「ここは?」

「隣国のライズ王国との国境だよ」

明らかに不穏な気配の漂う薄暗い場所に、アマリリスの瞳が不安げに揺れる。隣国に放り出すだけなら、もっと安全な場所はいくらでもあるはずだからだ。

「つまり、シュヴァール王国から出ていけということですね。この手の縄を解いてはいただけませんか？」

「それは解くなと、王太子様から仰せつかっている」

「えっ？」

さあっと血の気が引いたアマリリスの目の前で、魔法が込められた爆薬を洞穴の奥に向かって兵士が思い切り投げ入れた。

ドオン、という轟音と共に地面がぐらぐらと揺れる。凍りついたように立ち尽くしているアマリリスに、兵士はにっと笑った。

「じゃあな、偽聖女様」

兵士が急ぎ馬車に駆け込んだかと思うと、御者はすぐに馬に鞭を入れて、馬車は土埃を立てながら去っていった。

怒りに満ちた低い唸り声が洞穴から響く。暗闇の中から、らんらんと光る魔物の目がいくつもアマリリスの方向を睨みつけていた。

（魔物の巣窟に放り出して、あえて魔物をけしかけるなんて……）

初めての魔物を前にして、彼女は息をするのもやっとだった。

（あの時の、もう戻ってこなくてもいいというカルラの言葉は……私が決して生きて国に戻ることはないとわかった上での言葉だったのだわ）

聖女の杖がない上に手を縛られた状態で、アマリリスは必死に絶望と戦っていた。

第二章　差し伸べられた手

アマリリスに向かって、褐色の大きな狼のような姿をした魔物が襲いかかってくる。じりと数歩後退った彼女は、祈るような思いと共に震える声で防御魔法を唱えた。

魔物の跳躍がアマリリスにはまるでスローモーションのように見えていた。近付いてくる魔物を見つめる彼女の頭を、走馬灯のようにこれまでの出来事がよぎっていく。

優しく大好きだった母。母を亡くしてからの義母とカルラに虐げられる辛い生活。聖女像が輝いて、思いがけず聖女に選ばれたこと。聖女の力だけを必要とされる、ネイトとの無機質な関係。

そして、彼女を気遣うラッセルの表情が目に浮かんだ後、最後に彼女の頭にくっきりと甦ってきたのは、深い青緑色の瞳をしたヴィクターの優しい微笑みだった。

(ヴィクター様。またお会いしたかった)

もう、魔物はアマリリスの目と鼻の先に迫っていた。大きく開いた魔物の口から鋭い牙が覗いている。けれどその時、彼女の前に突然眩い光が差した。

「……!?」

アマリリスの視線の先で鮮やかな炎が宙を舞い、魔物を包んだ。叫び声をあげながら地面に落ち、のたうちまわる魔物を呆然と見ていた彼女の耳に、聞き覚えのある声が届く。

「今のうちに、逃げましょう」

振り返ったアマリリスの目が大きく見開かれる。最後に会いたいと願ったその人を目の前にして、彼女は信じられない気持ちでいた。

「ヴィクター様！　どうしてここに？」

「名前を覚えてくださっていて、光栄です。さ、私と一緒に」

にこっと笑ったヴィクターは、素早く彼女の手首を縛っていた縄を切るとその身体を抱き上げた。驚きと恥ずかしさに固まっていたアマリリスごと、ヴィクターの身体が柔らかな風に包まれる。

（わあっ……）

ふたりの身体はふわりと宙に浮かび上がっていた。眼下に広がるライズ王国の景色を眺めながら、アマリリスはまるで夢を見ているようにふわふわとした心地で、温かなヴィクターの腕に身を預ける。

ライズ王国はこぢんまりとした国ではあるが、豊かな自然に恵まれている。シュヴァール王国に比べると、魔物の被害が多く未開拓の土地も多いものの、鮮やかな緑の森林の合間に、ぽつぽつと町々が点在している様子が見下ろせた。

ふとアマリリスがヴィクターを見上げると、穏やかな陽射しに照らされた、見惚れるほど整った彼の顔がすぐ目の前に見える。胸が高鳴るのを感じて、彼女は慌てて彼から目を逸らすと、ライズ王国の風景に視線を戻した。

（……こうして私の命があるのも、ヴィクター様のおかげだわ）

絶体絶命の危機に、颯爽と現れて救い出してくれた彼の腕の中にいることを改めて感じて、彼女の頬は、知らず知らずのうちにほんのりと染まっていた。

ライズ王国の上空を飛翔しているヴィクターの腕の中から、アマリリスの目に象牙色の王宮が遠く映る。シュヴァール王国の王宮よりは小規模だが、歴史の感じられる美しい王宮は、彼女の視界の中で次第に大きくなっていき、ついにはその脇の地面にヴィクターが降り立った。

「はい、着きましたよ」

アマリリスに微笑んだヴィクターに向かって、彼女は戸惑いがちに口を開く。

「ありがとうございます。あの、まずは下ろしていただけると……」

「ああ、失礼しました」

ようやくヴィクターに下ろされて、アマリリスはどきどきとうるさい胸を持て余しながら、彼の前で深々と頭を下げた。

「助けてくださって、本当に感謝しています」

「どういたしまして」

からりと明るく笑う彼は、アマリリスにはどこか飄々として見える。こともなげに魔物を焼き払い、自分を救い出してくれたヴィクターを見つめて、彼女はラッセルの言葉を思い出した。

(ラッセル様が、彼の知る最も優れた魔術師がヴィクター様だとおっしゃっていた意味が、私にもわかったような気がするわ)

彼の形のよい青緑色の瞳は深い湖のように美しく澄んでいて、アマリリスは思わず彼の目をジッと覗き込んでいた。

「大丈夫ですか？　怖かったでしょう」

ヴィクターの言葉に、アマリリスがハッと我に返る。

「私は大丈夫なのですが、お知らせしたいことがあるのです。ライズ王国に危険が迫っているかもしれません。シュヴァール王国が……」

「この国に攻め入ろうとしていることですか？」

「!?　どうして、それを？」

驚いた彼女の耳に、かわいらしい高い声が響く。

「師匠、お帰りなさい！　あれっ？」

こちらに向かって走ってくる少年の姿は、アマリリスにも見覚えがあった。透き通るような色白の肌に淡い金髪がかかり、若葉のような黄緑色の大きな瞳をした彼は、まるで妖精のように見える。

「あら、あなたは……」

少年がアマリリスを見上げて、嬉しそうににっこりと笑う。

「こんにちは！　わあ、アマリリス様、この国に来てくれたんだね」

「はい。ヴィクター様に助けていただいたおかげです」

「えっ、師匠に助けられて……？」

不思議そうに首を傾げた少年を、目を細めてヴィクターが見つめた。

「シュヴァール王国がこのライズ王国に敵意を向けていることは、彼——ロルフが気付いてくれたのですよ。まあ、詳しくは中で話すとしましょうか」

アマリリスは、ヴィクターとロルフに案内されるまま、王宮のそばにある石造りの建物へと入っていった。

その場所は、ヴィクターの際立った魔法の腕が認められ、国王から侯爵位を賜った際、彼に与えられたものだった。王家に信頼されている彼は王宮から呼び出しがかかることも多く、王宮にほど近い建物に彼が住まうことは、王家にとっても都合がよかったのだ。

勧められるまま椅子に腰かけたアマリリスの前でロルフがお茶を淹れると、カップにこぽこぽと注いで彼女に差し出した。

「はい、どうぞ」

「ありがとうございます」

どことなく懐かしいようなホッとする香りの漂うお茶を前にして、アマリリスの隣に、ヴィクターとロルフも丸テーブルを囲んで腰を下ろす。

初めて来た場所だというのに、アマリリスは不思議と寛ぎを覚えていた。

なにから話したらよいのかと頭を巡らせていたアマリリスだったけれど、結局、一番気になっていたことから尋ねることにした。

「先ほどヴィクター様は、ロルフ様がシュヴァール王国からの敵意に気付いたとおっしゃっていましたね。それは、どういうことなのですか？」

ロルフがぶんぶんと顔の前で手を振った。

「あっ、僕のことは、ロルフでいいから！　様なんてつけられると、なんだかむずむずしちゃうし」

照れた様子で頬を染めているロルフを見て、アマリリスの口角がほんのわずかに上がる。

（わあ、かわいい）

母性本能をくすぐられるような彼の姿を見つめたアマリリスの視線が、彼の耳に移る。

（やっぱり、耳の先が少し尖っているような……？）

彼女の視線の先を、ヴィクターが追っていた。

「鋭いですね。気付きましたか」

「ええ。もしかして、ロルフ君は……」

ロルフが自分の耳を撫でながら、アマリリスの言葉に頷く。

「うん。僕にはエルフの血が混じっているんだけど、僕は特に先祖返りというか、その特徴がよく出ているみたいで。普通の人よりも大分、感覚が鋭いんだ」

「では、ヴィクター様がおっしゃっていたように、敵意のようなものまで、鋭敏に感じられると？」

「そうだよ。嗅覚というか第六感というか、どんな感覚かを言い表すのは、ちょっと難しいんだけど……かなり正確に見抜ける自信はあるよ」

　ヴィクターがロルフを見つめて微笑んだ。

「この前、シュヴァール王国の王宮に行った時、アマリリス様は、彼の顔色が悪かったのを心配して様子を見に来てくださったでしょう？　あれも、悪意に当てられてしまったことが原因です」

「まあ」

　アマリリスは、ライズ王国の稀少資源の採掘権を巡っての交渉にネイトが鼻息を荒くしていた当時の様子を思い出していた。

　ヴィクターが苦笑する。

「あのパーティーに招かれた本当の目的が、我が国で見つかった稀少資源の採掘権の交渉の席を設けるためだということは、私たちにも当然わかっていました。ですが、いかんせん、交渉条件が強引かつ不公平すぎたのです。ルキウス様にも譲歩の限度がありますが、それを遥かに超えていました。なのに、それで当然という傲慢さと我が国を見下している様子が、私にすら感じられましたからね」

「それは申し訳ありません」

いたたまれなくなって俯いたアマリリスは、再び視線を上げるとロルフに尋ねた。

「あの場で、敵意まで感じたということですか?」

「いや、交渉前のあの時は、そこまではなかったんだ。その後にルキウス様に届いた手紙からは、敵意がぷんぷん感じられたけど」

「手紙から?」

ロルフはこくりと頷いた。

「僕は、物に込められた思いや、そこに宿っている思いも感じられるんだよ。それが強ければ強いほどに。ルキウス様が受け取った手紙からは、敵意を超えて、殺意まではっきりと感じたからね」

顔を顰めてふるりと身体を震わせてから、彼は続けた。

「でも、そういう負の感情だけじゃなくて、物にまつわるいろんな種類の思いも感じられるんだ。例えば……」

彼はジッと、アマリリスの胸元のロケットを見つめた。

「アマリリス様が首にかけている、そのロケット。……誰か、アマリリス様にとって大切な人にまつわるものが入っているんじゃないかな？」

　アマリリスが驚きに目を見開く。

「その通りです。私の実母の髪をひと房、形見としてロケットに入れて持ち歩いています」

　ロルフは温かく微笑んだ。

「お母様は、アマリリス様のことを心から愛していたんだね。アマリリス様の行く末を案じ、幸せを心底願う気持ちが、そのロケットの中から今でもはっきりと感じられるから」

　ハッとして、アマリリスは胸元のロケットを見つめた。

（お母様……）

　家族から虐げられ、ネイトからは疎まれて、心が折れてしまいそうに辛く苦しかった時も、母がそっと自分を守っていてくれたのかもしれないとアマリリスは思った。

　大切にロケットを両手に包み、目の奥がじんと熱くなるのを感じていたアマリリスを、ヴィクターとロルフは温かな瞳で見守っていた。

　そっと目頭を指先で拭ったアマリリスに向かって、一拍置いてから、今度はヴィクターが尋ねる。

「ところで、アマリリス様はなぜあんな場所にいたのです？　貴女はネイト王太子の婚約者でシュヴァール王国の聖女だというのに。しかも、あんな風に後ろ手に縛られた状態で」

「私はもう、ネイト様の婚約者でも、シュヴァール王国の聖女でもありません」

アマリリスがネイトに婚約破棄され追放されたことをかいつまんで話すと、ヴィクターとロルフの表情がみるみるうちに険しくなる。

「うわあ、ネイト王太子って最低だね！」

怒りに顔を真っ赤にしたロルフに、ヴィクターも頷く。

「まさか、そんなことがあったとは……」

アマリリスの話にジッと耳を傾けていたふたりに、彼女は戸惑いながら尋ねた。

「あの、私の言葉を信じてくださるのですか？」

ネイトから濡れ衣を着せられて婚約破棄された時は、アマリリスはラッセル以外の貴族たちから白い目を向けられた。それに、ヴィクターとロルフが、氷の聖女というふたつ名まである彼女の言葉をそのまま受け入れているように見えることが、アマリリスには少し不思議に思えた。

「ええ。貴女の言葉に嘘は感じられませんから」

微笑んだヴィクターはしばし口を噤んでから、怪訝な顔で首を捻った。

「ですが、シュヴァール王国は、なぜみすみす貴女を手放すような真似をしたのでしょうね。貴女にそんな汚名まで着せて」

アマリリスは呟くように言った。

「私が聖女の力を戦に使うのを拒んだことも、一因なのかもしれません」

彼女がぽつぽつとネイトと交わした会話について話すと、ヴィクターは感慨深げに彼女を見つめた。

「アマリリス様、貴女は勇敢な方ですね。王太子の頼みを真っ向から拒否するなんて。ようやく全貌が見えてきました。ライズ王国の一員として、感謝します」

「いえ。民を守るためにあるはずの力を、民の血が流れ、恨みや憎しみを生む戦に使いたくはなかっただけです。それに……」

アマリリスの表情が、苦しげに歪む。

「私が強い魔法を使えたのは、ひとえに『聖女の杖』の力のおかげだったのです。残念ですが、私自身にたいした力はありません。それこそが、きっと私が追放された最大の理由だったのでしょうね」

彼女の言葉に、ヴィクターとロルフが不思議そうに目を見合わせる。

「『聖女の杖』とはなんなのですか？」

「ああ、ご存じありませんでしたよね。シュヴァール王国の前聖女が使っていたと言い伝えられている、聖なる力を秘めた杖です」

「ほう、そんな杖があるのですね」

腕組みをしたヴィクターに、アマリリスが頷く。

「我が国の国民が成人を迎える時、聖女像の前で祝福を受ける儀式があるのですが、その時、なぜか聖女像が抱いていた杖が私のもとに転がってきたのです。それがきっかけで、それまで魔法を使ったことすらなかった私が、いつの間にか聖女に祀り上げられていました」

表情を翳《かげ》らせたアマリリスだったけれど、彼女は改めて顔を上げると、感謝を込めてヴィクターを見つめた。

「魔物に襲われかけていたあの時、ヴィクター様が助けてくださらなかったら、私は間違いなく死んでいました。貴方様は私の命の恩人です」

「いいえ。まあ、あの場所でアマリリス様の姿を見つけた時は、いったい何事が起きているのかと目を疑いましたけれどね」

「……ヴィクター様はなぜあの時、あんな場所にいらしたのですか？」

小首を傾げたアマリリスに、ヴィクターはふふっと悪戯《いたずら》っぽく笑った。

「これも、運命かもしれませんね」

「……!?」

どぎまぎと頬を色づかせたアマリリスの前でジト目になったロルフが、ちょんとヴィクターの脇を小突く。

「もう！　師匠ったら。アマリリス様は真面目に聞いているんだよ？」

「私は至って真剣ですよ」

掴みどころのない笑顔でそう言ってから、ヴィクターは続けた。

「なぜ私があの場にいたかを理詰めで説明するなら、ロルフがシュヴァール王国から向けられている敵意を──戦の気配を嗅ぎ取ったために、国境付近の警備が手薄になっている箇所を見て回っていたのです。あの場所は、魔物の住処が近いこともあり、魔物の被害が出た場合を除いては、近付く機会のあまりない場所でしたからね」

「師匠はこの国の筆頭魔術師としての責任を負っているから、特に危険な場所には、他の魔術師や兵士たちに先駆けて確認に行くことが多いんだ。ひとりだけで行くのはさすがに危ないって止めることもあるんだけど、いつの間にかひょいっと行っちゃうんだよね」

「そういうことだったのですね」

　納得したようにアマリリスが頷く。

「今こうして私が生きてここにいられるのは、おふたりのおかげですね。本当に幸運でした。それに、私の魔法の師であるラッセル様からも、国外に追放されたら、ヴィクター様を頼るようにと助言をいただいていたのです。まさか、ヴィクター様が私を見つけてくださるとは、思いもよりませんでした」

　ヴィクターの顔が嬉しそうに綻ぶ。

「ラッセル様も、なかなかいいことを言ってくれますね。ここしばらく彼とは会っていないのですが、彼は変わらず元気にしていますか？」

「はい、お元気になさっていています。ラッセル様にも彼の奥様にも、私はとてもお世話になりました。……シュヴァール王国との戦いは、なんとか避けられないものでしょうか」

温かかった彼らの笑顔が、アマリリスの目に浮かぶ。尊敬する師と敵味方に分かれるなんて、想像もしたくはなかった。相変わらずそれほど表情が動かないながらも、思い詰めた様子の彼女の肩を、ヴィクターがぽんと軽く叩いた。

「まだ開戦したわけではありませんし、ライズ王国だって、戦を望んでいるわけではありません。どんな手が打てるか、考えましょう」

「はい」

彼女の瞳が希望の色に輝く。けれど、思案げに俯いた彼女の表情は再び翳った。

「でも、私がいてはおふたりにご迷惑をかけてしまうかもしれません。戦を仕掛けてこようとしている国から急にやってきたなんて、ライズ王国の方々になにをしに来たのかと疑われても仕方ありませんから」

それに、アマリリスは自国だけでなく、他国にまで『氷の聖女』という自分のふたつ名が知れ渡っていることを知っている。隣国であるライズ王国でも、それは当然知られているはずだった。決していい印象を与えるはずのないそんなふたつ名のある自分が、ライズ王国で受け入れてもらえるとはとても思えなかったのだ。

そんなアマリリスの手を労わるように取ると、ヴィクターがきっぱりとした口調で言い切った。

「なにを言っているんです？　私たちは、アマリリス様なら大歓迎ですよ。むしろ、是非とも私たちのもとに留まっていただきたい。そうでしょう、ロルフ？」

ロルフも勢いよく頷く。

「うん‼　師匠の言う通り、ここにいてくれるよね？」

期待を込めた瞳をふたりから向けられて、アマリリスは困惑しながらも、彼らの温かな気持ちに涙が浮かびそうになるのをこらえた。

「ありがとうございます。なんてお礼を言ってよいのか、わかりません」

「水臭いことはなしですよ。この屋敷には部屋も余っていますし、アマリリス様が使ってくださったら、もっと賑やかになりますね」

「そうだね、師匠。僕も楽しみだな！」

思いがけぬ歓迎に、アマリリスの表情も次第に柔らかくなっていった。

「魔法が得意ではない私にも、なにかお役に立てることがあるとよいのですが。掃除や炊事、洗濯くらいなら……」

「えっ。貴族のアマリリス様が、そんなことまでできるのですか？」

目を丸くしたヴィクターに、アマリリスは頷く。

「はい。昔、実家ではある程度やっていましたから」

聖女と認定される前は、義母を中心とした家で、食事にありつくためにメイド同様に働かされていたことを彼女は思い出す。

「それは大変助かります。もちろん、無理をしていただく必要はありませんが」

「では、これから、どうぞよろしくお願いします」

ヴィクターに取られたままになっていた手で、アマリリスは彼と改めて握手をした。彼の手は大きく、そして温かい。

「ロルフ、アマリリス様に部屋の用意をお願いできるかい？」

「はーい！」

弾むような足取りで駆けていくロルフの後ろ姿を、アマリリスは胸がじわじわと熱くなるのを感じながら見送った。突然自分のところに転がり込んできた幸運が、信じられないくらいだった。

「そうだ、ひとつ、アマリリス様に訂正しておかないといけないことがありました」

ヴィクターにジッと見つめられて、アマリリスは目を瞬く。

「それはなんでしょうか？」

「貴女様は、魔法が苦手なはずはないと私は思います。……魔物に襲われそうになっていたあの時だって、お見事でしたよ」

「えっ？」

驚いたようにヴィクターを見つめ返したアマリリスに、彼は軽くウインクをした。

「まあ、いずれわかるでしょう」

彼の言葉の意味はまだわからなかったけれど、それでもアマリリスは、未来に向かって確かな光が差し、胸が自然と弾み出すのを感じていた。

＊＊＊

アマリリスを王宮から追放した後、カルラはネイトの隣でほくそ笑んでいた。

（いい気味だわ、お姉様。今まで厄介だったけど、これでようやく始末できたわね）

姉が魔物の餌になってしまえば、もう彼女への虐待の痕が発覚することもない。ホッと胸を撫で下ろしていたカルラに、ネイトが小声で告げた。

「カルラ。大事な話があるんだが、少し話せるか？」

「ええ、もちろんですわ」

にっこりと笑ったカルラを伴ってネイトは自身の執務室へと戻ると、従者に人払いをさせた。

ソファーに並んで腰かけたネイトはカルラを見つめる。

「ライズ王国で稀少な資源が採掘されたという話は、カルラの耳にも入っているな？」

「ええ。それがどうしたというのですか？」

不思議そうに尋ねたカルラに、ネイトは続けた。

「その採掘場所は、我が国との国境にも近い場所だ。だが、あの国の王太子は、俺から持ちかけた採掘権の交渉をあろうことかあっさりと蹴ってきた。……交渉なんていうまどろっこしいことは、もう終いだ。ライズ王国を攻め落とすぞ」

「まあ……！」

「カルラ。君の聖女の力を俺に貸してほしい」

ネイトの言葉に、カルラが瞳を輝かせて頷く。

「私の聖女の力は、この王国のためにあるのですもの。当然、貴方様のお力になりますわ。……あんな小国、あっという間に落とせることでしょう」

「はは、カルラもそう思うか」

ネイトは安堵に表情を緩めてから、満足げに両の口角を上げた。カルラも興奮気味に頬を染めて笑みを深める。

「シュヴァール王国は、もっと偉大な大国になれる国だと思います。国を大きく発展させれば、ネイト様の名前も歴史に刻まれることでしょう」

「そうだな。君の名も、俺の名と一緒に歴史に残ることだろう。聖女としても、そしてこの国の王妃としてもな」

彼はカルラの手にある聖女の杖を眺めた。

「その杖はどうだ。アマリリスのように使いこなせそうか？」

「お姉様のようになんて心外ですわ、ネイト様。お姉様以上に立派に使いこなしてみせます。ただ……」

カルラは少し不満げに眉を寄せる。

「今まで、お姉様はずっとこの杖を独占して、私にはまったく触らせてもくださらなかったのです。まだ、聖女の杖の力は私に馴染みきっていないように思いますが、思いのままに使いこなせるようになる日も、そう遠くはないでしょう」

「そうだな。君こそが本物の聖女なのだし、魔力自体も遥かにアマリリスを上回っているのだから」

色っぽい上目遣いでネイトを見上げたアマリリスの顎を、彼はすっと指先で持ち上げた。

「期待しているぞ、カルラ」

「ネイト様……」

彼の唇がカルラの唇に重なる。美しい彼女に両腕を首に回されて、ネイトは血が沸き立つのを感じていた。

（まずはカルラが手に入った。次はライズ王国だ。アマリリスを排除したのは、やはり正解だったな）

せっかくの聖女が開戦に反対するようでは、むしろ自分にとって、その存在自体が障害となる。アマリリスがライズ王国への侵攻に反対した時点で、彼女を聖女の地位から追い落とし、自らの婚約者から外すことは、彼の中では既定事項になっていた。

ネイトの心の中には、一抹の不安があった。それは、本当にカルラが真の聖女であり、彼女が杖を使いこなせるのかということに対する微かな懸念だ。

（だが……）

正直なところ、ネイトには、真っ当に見える理由をつけてアマリリスを追い出し、代わりにカルラを妻にできるなら、その理由がなんだとしても構わなかった。そもそも、魔物の被害もない平和な国内に、聖女の力は不要と言っても過言ではない。お飾りの聖女なら誰だって構わないのだから、それなら、自分の意を汲んでくれるカルラの方がアマリリスよりも望ましいことは、言うまでもなかった。

アマリリスに命を狙われたというカルラの訴えも、ネイトは彼女の言葉通りに受け取っていたのではない。それは、普段のアマリリスの姿からは最も想像がつかないことのひとつだったからだ。ただ、彼にとって、カルラの訴えは、アマリリスを追い出す上では非常に都合がよかったし、自分の関心を引くための言葉ならかわいいものだと思っていた。

さらに、仮に聖女が不在になったとしても、戦力で勝るシュヴァール王国は、ライズ王国になど余裕で勝利できるだろうと、確たる自信を持っていた。

ネイトには、聖女像とその杖がカルラの前でアマリリスよりも明るく輝いたこと、そして、聖女とされていたアマリリスとも血が繋がっていることから、カルラが確かに聖女である可能性が高いようには思われた。けれど、仮にカルラが聖女の杖をアマリリスほど使いこなせなかったとしても、彼女が魔法の腕に優れ、頼もしい戦力になることは事実だったし、それで十分だった。

（まあ、俺に必要だったことは、たったふたつ。聖女の杖をアマリリスから取り上げることと、彼女の息の根を止めることだ。……その両方を叶えたのだから、もうなにも問題あるまい）

もしも、アマリリスが本物の聖女だった場合、彼女を生かしておくわけにはいかなかった。聖女の杖がなければ優れた魔法は使えなかったけれど、万が一にも国外で生き延びて、反旗でも翻されたら厄介だからだ。そのような綻びの芽も、ネイトは慎重に摘み取ったつもりでいた。

（怒らせた魔物にアマリリスを襲わせたのだ、彼女はもうこの世にいるはずがない）

馬車で魔物の巣窟から急ぎ逃げ帰ってきた兵士たちに話を聞いて、ネイトはご満悦だった。

（あとは、さっさとライズ王国を攻め落とすだけだ）

彼がカルラに口づけながら、その長い髪を指先で弄んでいた時、執務室のドアがノックされた。

小さく溜息をついた彼がカルラから唇を離して返事をすると、ドアが開いて従者が顔を覗かせ、頭を下げる。

「失礼します、ネイト様。国王陛下がお呼びです」

「わかった、今行く。……カルラ、また後でな」

艶やかな笑みを浮かべたカルラが頷いたのを見届けてから、ネイトは立ち上がって執務室を出ると、父の部屋へ向かった。


「父上」

ネイトは、ベッドの上で上半身を起こしている父を見つめた。

シュヴァール王国の国王であるネイトの父は幼少期から病弱で、彼が生まれてからも体調を崩しがちだった。

ごほごほと咳込んでから、国王がネイトに向かって口を開く。

「アマリリスを王宮から追い出したというのは、本当か？　ネイト」

「はい、父上」

彼は父の言葉に頷いた。

「アマリリスが聖女と認定されたのは、聖女の杖が彼女に反応したからだということを父上もご存じでしょう。ですが、彼女は偽物でした。本物の聖女は、彼女の妹のカルラだったのです」

「その証拠は？」

鋭い父の視線に負けず、ネイトは続けた。

「カルラが聖女の杖を手にした時の方がより強く聖女の杖が反応したのです。しかも、アマリリスは、カルラこそが聖女である事実を隠そうと実の妹のカルラを手にかけようとしました。

本物の聖女であれば、そのような罪を犯すはずがありません」

しばし口を噤んだ国王は、小さく息を吐く。

「私には、アマリリスがそのようなことをするとは思えんがな」

「ですが……」

至極真っ当な父の言葉に詰まりながらも、反論しようとしていたネイトの頭に、過去の光景が浮かぶ。

（そういえば……）

アマリリスは、聖女の杖を携えて体調の悪い国王をよく見舞っては、彼に回復魔法をかけていた。国王の点数稼ぎをするのかと、冷ややかな目でアマリリスを見ていたネイトだったけれど、国王は彼女のことを買っていたのだ。

ネイトは言葉を選びながら慎重に答えた。

「父上がそう思われるのは、ごもっともです。俺の前でも、アマリリスはまるで本物の聖女のように振る舞っていましたから。ですが、カルラはさらに素晴らしい回復魔法の使い手です。今後はカルラを連れて父上のもとに参りましょう」

「アマリリスは、今どこに？」

「さあ。俺は、国を欺いた偽聖女など、すぐに処刑した方がよいと思ったのですが、優しいカルラがそれを止めました。その代わり、アマリリスは国外に追放したので、もし彼女にも本当に聖女の力があるのならどこかで生き延びていることでしょう」

「私には、確かにアマリリスが聖女の資質を備えているように思えたのだが。……無事でいてくれるとよいがな」

表情を翳らせた父に、ネイトは苛立っていた。

（父上は、俺の言葉よりもアマリリスを信じるというのか）

ネイトは、身体が弱く、領土を広げることもせずに治世を過ごしていた父のことを軽蔑している。けれど、ネイトの内心を見透かすような父の瞳に、彼の額には冷や汗が浮かぶ。

（はっ。父上は、国王としてこのシュヴァール王国になにをしたわけでもないくせに）

彼の父は、シュヴァール王国の国民がより安全で豊かな生活ができるようにと心を砕いてきた。平民の意見にも耳を傾け、貧しい辺境の地にも交通網や水路を行き渡らせたのは、現国王の功績だ。ただ、父が成したことを、ネイトはつまらないことだと見下していた。

（その程度のことは、やろうと思えば誰だってできる。たまたま魔物が息を潜めていた時期だったから、父上が上に立っても国が混乱しなかっただけだ）

ジッとネイトを見つめた国王は続けた。

「お前は、ライズ王国を攻めようとしているそうだな」

独断で動いていることについて、既に父にも情報が回っていることに焦りながら、彼は頷いた。

「はい。もう少し策を練ったら、父上にもご報告するつもりでした」

「それは、ライズ王国で採れたという、稀少な鉱物資源を巡る交渉が決裂したからか?」

「その通りです。これ以上ライズ王国をつけ上がらせないためにも、早期に攻め落とした方が得策でしょう」

　ネイトの瞳が熱を帯びる。

「だいたい、あの程度の小国、今までだって我が国の属国にする機会はいくらでもあったはずです。俺は、今の状況を、この国の領土を広げる好機と捉えています」

「お前の考えは、理解できないわけではない。だが、しばし時機を待て」

「なぜです?　むしろ、時を逸することなく、すぐに隣国を攻めた方がよいように思いますが」

「……このシュヴァール王国に聖女が現れるのはどのような時か、お前は知っているか?」

「三百年に一度ほど、とは聞いています。違うのですか?」

　国王は首を横に振った。

「もっと本質的な話だ。聖女の力が必要となる時にこそ、聖女がこの国に遣わされるのだと伝えられている」

「それなら、ぴったりではありませんか。ちょうど、ライズ王国を手中に収めようとしている時なのですから。アマリリスには、隣国の侵攻に力を貸す気はないと冷たくあしらわれましたが、カルラは喜んで力になると言ってくれています」

息子の言葉に耳を傾けるうち、次第に厳しい表情になった国王が、苦々しくネイトを見つめる。

「お前は、おそらく大きな過ちを犯している。早まれば、国が荒れるぞ」

「父上は、あまりに慎重すぎるのではありませんか」

ネイトは思わず声を荒らげた。

「先代の国王は勇敢でした。この国と諍いを起こしていた近隣国のひとつを、自らの武勇で立派に併合したと聞いています。俺もそんな王になりたい」

息子から言外に非難されながらも、国王は静かに言った。

「お前は、今の平和を当然のものだと思っているだろう。お前が生まれてから、ずっと平穏な日々が続いてきたのだから、そう思っても仕方ない。……だがな、平和とは、泡沫のような、壊れやすく貴重なものなのだよ」

国王は遠い瞳をした。

「私の父が、生前に言っていたのだがな。かの国を制するために祖父の命を受けて戦に赴いた時には、領土を広げて国を強固にするのだと意気揚々と血が騒ぐ思いだったそうだ。だが、敵軍の将は部下を庇いながら先陣を切って戦う、敵ながら素晴らしい軍人だったそうでな。国を守るために必死に戦う彼を討ち取った時、父は自問したそうだ。義は果たしてどちらにあったのだろう、と」

黙っているネイトの前で、彼は続けた。

「彼に会う場所が違っていたら――戦の場でさえなかったら、友となり手を携えることも酒を酌み交わすこともできたかもしれない。けれど、互いの命を奪い合うためにしのぎを削る戦は、なんと残酷で虚しいものなのだろうかと、そう呟くように溢していたよ。その後は、彼が平和を尊び一切の戦をしなかったことは、お前も知っているだろう」

「ですが、血で血を洗う争いも厭わないくらいでないと、大国の王など務まらないように、俺には思えます」

顔を顰めたネイトの言葉に、国王は苦笑する。

「お前は、いったい誰に似たのだろうな。お前がまだ幼い頃に天に召されたお前の母も、優しい女性だったものだが……少し、甘く育てすぎたのかもしれんな」

結婚後、長い年月を経て王妃との間にようやく授かったひとり息子を、彼も生前の王妃も溺愛していた。何不自由なく育ったネイトが好戦的すぎることを、国王は危ぶんでいたのだ。

「話は変わるが。約三百年前に現れたという前聖女がどんな女性だったか、お前は知っているか？」

ネイトは面食らったように答えた。

「いえ。聖女像がその聖女を象っているということ、そして王妃となりシュヴァール王国を支えたということしか、俺は知りませんが」

「これはあまり知られていないことだが、前聖女は、ほとんど魔力を持ち合わせていない、一介の農家の娘だったそうだよ。それでも、聖女の杖は彼女を選んだのだそうだ」

聖女の杖は、相応しい主を自ら選ぶと言い伝えられている。けれど、杖が主となる聖女をどのように選ぶのかは、未だ謎に包まれていた。

「……そんな卑しい血が、俺にも流れているということですか？」

「その通りだ」

苦虫を噛み潰したような顔をしたネイトを、国王は真っ直ぐに見つめた。

「彼女が聖女たる所以がなんだったのか、お前も考えてみるといい。……お前の言うように、冷酷で残虐非道な王が強大な帝国を築くこともあれば、温厚な王に変わった途端に国を持ち崩すこともある。王の治世が成功か失敗かは、歴史が決めるだろう。だがな、国を支えているのは民だ。民を守り、国の平和を保つこと――それこそが王の最も大きな使命ではないかと、私はそう考えているよ」

しゃべりすぎたのか、国王は激しく咳き込み始めた。冷めた顔でつまらなそうに父の話を聞いていたネイトが、彼に告げる。

「お身体の具合が悪いところ、すみません。そろそろ失礼します、父上」

ネイトは国王の前を辞した。

（父上になんと言われようと、俺の意思は変わらない。父上のような意気地のない王には、俺

は絶対にならない）

　彼のライズ王国への進軍の決意は、父の言葉を受けても変わってはいない。

　次にどう手を打つかを考えながら、ネイトは靴音を響かせて父の部屋を後にした。

第三章　優しい場所

アマリリスがライズ王国にやってきた翌日の朝、欠伸をしながら階段を下りてきたロルフが、鼻をひくつかせた。

「あれっ、いい匂い……」

キッチンから漂ってくる、パンが焼ける香ばしい匂いと、食欲をそそる美味しそうな香りに、ロルフの目が輝く。

思わず早歩きになってキッチンを覗き込んだロルフは、アマリリスに向かって笑いかけた。

「アマリリス様、おはよう。早いね！」

「おはようございます、ロルフ君」

アマリリスが、ロルフに笑みを返す。朝食の支度をしていた手を止めると、彼女はロルフに尋ねた。

「昨日、ヴィクター様から、キッチンにある食材は自由に使って構わないと聞いて、額面通りに受け取ってしまったのですが、問題なかったでしょうか……？」

「もちろん。それどころか、こんなにちゃんとした朝ご飯が食べられるなんて、感激だよ！」

キッチンのテーブルの上には、ふっくらとしたチーズ入りのオムレツとこんがりと焼けたベーコンに、サラダが添えられた皿が並んでいた。アマリリスが蓋を開けたばかりの、湯気の立つ鍋の中には、野菜がたっぷり入ったスープが覗いている。彼女がスープを三人分の椀にそれぞれ入れると、ロルフがごくりと唾を飲み込んだ。

「わあ、美味しそう。お腹空いちゃった……」

「簡単なものだけですが、よかったでしょうか」

「完璧だよ！　普段の僕たちの朝食なんて、豆のスープと硬いパンくらいだもの」

アマリリスがオーブンから焼き上がったパンを取り出した時、ロルフの腹がぐうっと鳴った。恥ずかしそうに頭をかいたロルフに、彼女は優しく微笑んだ。

「お待たせしました。準備ができましたから、ダイニングルームに運びますね」

「あ、じゃあ、僕も手伝うね！」

皿と椀をトレイに載せてダイニングルームに入ったふたりが、テーブルに皿とカトラリーを並べていると、ちょうどヴィクターが目を擦りながら部屋のドアを開けた。

「おはようございます、ヴィクター様」

「師匠、おはようございます」

ふたりの明るい声に、ヴィクターはにっこりと笑みを返す。

「おはようございます。……随分と立派な朝食ですね」

テーブルに並ぶ朝食を見て、彼は驚きに目を瞬いていた。

「これは、アマリリス様が作ってくださったのですか？」

「はい。あまり凝ったものは作れませんが、お口に合えば幸いです」

「こんなに素敵な朝食をありがとうございます。いただきます」

早速目の前の皿に手をつけたヴィクターとロルフの顔が綻ぶ。

「美味しいー！」

もぐもぐとオムレツを頬張るロルフの隣で、ヴィクターも微笑みながら頷いた。

「本当ですね。それに、この具だくさんのスープも、焼き立てのパンもとても美味しいですよ」

ふたりの言葉に、アマリリスの頬が微かに染まる。

「喜んでいただけたなら、嬉しいです。私には、このくらいのことしかできませんが……」

「なにを言っているのですか、十分すぎるくらいですよ。ここに留まってくださるだけでも構わないのに」

「いえ、ただお世話になるというわけにもいきませんから」

ヴィクターとロルフが目を見合わせた。

「律儀ですね、アマリリス様は。今までは男所帯だったので、食事などは割と適当だったのですが、朝からとても美味しい食事をいただけて、一日の始まりから充実しますね」

「師匠なんて、魔法の研究やら訓練やらで集中すると、食べることすら忘れちゃうくらいだったんだよ！　でも、アマリリス様が来てくれたから、生活も前より整いそうだね」

ロルフの言葉に、ヴィクターが苦笑する。

「すみませんでしたね、ロルフ。まあ、否定はできませんが」

「ただ、師匠の魔法の腕は、本当にすごいんだよ！　たまに厳しいこともあるけど優しいし、僕の憧れの師匠なんだ」

にこにことしているロルフと、優しい瞳のヴィクターを見つめて、アマリリスは胸が温まるのを感じていた。

（素敵な師弟ね。ラッセル様を思い出すわ）

思案げに目を瞬いてから、アマリリスが尋ねる。

「ロルフ君は、ヴィクター様にどんな魔法を習っているのですか？」

「攻撃魔法も防御魔法も、幅広く教えてもらっているよ。火・水・風・土・光といった様々な種類の魔法に、師匠は精通しているからね」

「それは素晴らしいですね」

アマリリスは、自分を魔物から救い出してくれた時の、ヴィクターの威力の強い火魔法と、流れるような風魔法を思い出していた。軽々と使いこなしているように見えたけれど、違うタイプの魔法を次々と使うことは、かなりの高度な技術を必要とするし、消耗も激しいのだ。それなのに、長距離を移動する風魔法を使った後でさえ、ヴィクターは息がまったく上がってはいなかったことに彼女は驚いていたのだった。

「シュヴァール王国で、私の師だったラッセル様もおっしゃっていました。ヴィクター様ほど優れた魔術師は他に知らないと」

「ラッセル様こそ、とても腕のいい魔術師でしたよ。それに、なにより人柄がいい。魔法は、使いこなすための技術も大事ですが、それを使う人の心の持ちようの方が私は大切だと思っています」

「心の持ちようですか？」

小さく首を傾げたアマリリスに、ヴィクターが頷く。

「はい。どんなに威力の強い魔法を使えたとしても、その魔法をいかに使うかは、その使い手にかかっています。同じ魔法であっても、人を生かすことも殺すこともできますから」

そう言って微笑んだ彼は、アマリリスを見つめて続けた。

「朝食後はいつも魔法の稽古の時間なのですが、もしご興味があれば、アマリリス様も稽古の様子を見てみますか？」

「はい、是非お願いします」

アマリリスの声が弾む。師のラッセルが賞賛していたヴィクターによる魔法の稽古が見られることに、彼女の心は浮き立っていた。

シュヴァール王国を追われる前にラッセルから贈られた、まだ伸びしろが大きいという言葉が、アマリリスの胸に甦る。

（聖女の杖がなかったとしても、魔法を学び続ければ、私も魔術師として役に立てるようになるかしら）

母国とライズ王国との戦争がいつ始まってもおかしくはない状況で、アマリリスはただ事態を傍観していたくはなかったのだ。聖女の杖がないと、十分な力のない自分がもどかしかったけれど、名高いヴィクターから稽古の見学に誘ってもらえたことが、彼女の胸に希望の光を灯していた。

ロルフがヴィクターを見上げる。

「師匠、今日は風魔法の稽古だよね？」

「そうですね。ロルフの訓練の成果を、アマリリス様に見せてあげましょう」

「はいっ！」

明るい表情のふたりを前にして、アマリリスの口角も無意識のうちに微かに上がっていた。

三人は、王宮とは逆側に開けている高い木々に囲まれた広い庭に出た。木々にはところどころ白い花が咲いていて、その手前に、数種類の色とりどりの花々が花壇に植えられている。

「ここが僕たちの魔法の稽古場なんだよ」

ロルフの言葉に、ヴィクターも続いた。

「この場所を囲む高い木々の周りを包むようにして、念のために防御魔法を張っているのです。

万が一魔法に失敗しても、周囲に被害が及ばないように」

アマリリスはぐるりと囲まれた木々の上方を見つめた。陽光の加減によって、淡い虹色をした、光の膜のようなものが輝いて見える。

「これもヴィクター様が？　すごいですね……」

そう呟いたアマリリスに、ロルフが笑いかける。

「師匠の魔法は、まだまだこんなものじゃないから。……風魔法、まずは僕からいくね」

ロルフが胸の前で掌を上に向けて魔法を唱えると、彼の掌の上で激しい旋風が渦巻いた。周囲の遠い木々の枝が、彼の風魔法にゆさゆさと大きく揺さぶられている。

「わあっ……！」

小柄なロルフが、見かけによらず強力な風魔法を軽々と発動した様子に、アマリリスは思わず感嘆の声をあげた。

「上手になりましたね」

にっこりと笑ったヴィクターに、ロルフも笑みを返した。

「ありがとうございます、師匠。前のようにはコントロールを乱さずに済んだみたい。……この前は、明後日の方向に風が向かっちゃって、大変だったんだ」

頭をかいたロルフに、アマリリスがしゃがんで視線を合わせる。

「すごいわ、ロルフ君。あんな強力な風魔法をしっかりと使いこなせているなんて」

彼は照れた様子で頬を染めると、ヴィクターを見上げた。

「まだまだ、師匠の域には届かないけどね。師匠も、アマリリス様に風魔法を披露してくれないかな？」

「是非、お願いします」

アマリリスが期待を込めてヴィクターを見つめる。ロルフが慌ててひと言付け加えた。

「あ、でも、あんまり強すぎるのはやめておいてね。あの防御魔法を突き破って、屋敷が吹っ飛んだら困るから」

くすっと笑ったヴィクターは頷いた。

「わかっていますよ。……では、この風魔法をアマリリス様に」

彼が魔法を唱えると、彼の周りをふわりと風が舞った。まるで意思を持っているように、風がアマリリスの周りに流れてくる。

「……⁉」

気付けば、周囲の木々から、かわいらしい白い花弁がアマリリスを囲むように舞っていた。柔らかな風の中、ひらひらと踊るような花弁に包まれて、彼女の目が驚きに見開かれる。

（こんな風に、風を自由に魔法で操ることができるなんて）

彼女がそれまで知っていたのは、決まった呪文に対応して発動する型通りの風魔法だけだった。このような風魔法があることすら知らなかったアマリリスは、美しい夢の中にいるような気分になりながら、その目を輝かせる。

「素敵ですね。このような風魔法を見るのは初めてです」

彼の魔法には、その優れた才能はもちろんのこと、伸びやかで繊細な感性までもが反映されているようだった。

珍しい風魔法にすっかり心を奪われている様子の彼女に、ヴィクターが優しい表情を向ける。

「ひと口に風魔法といっても、いろんな使い方ができるのですよ」

しばらくの間、身体を包む心地いい風を感じながら舞い上がる花弁をうっとりと眺めていたアマリリスが、真剣な表情になってヴィクターを見つめる。

彼に魔法を教わりたいという強い思いが、はっきりとアマリリスの胸に芽生えていた。

「ヴィクター様、お願いがあります」

「なんでしょうか？」

ほんの一瞬ためらってから、アマリリスは続けた。

「こんなことをヴィクター様にお願いするのは、おこがましいかもしれませんが。……私を、ヴィクター様の弟子にしてはいただけませんか？」

ヴィクターがにこっと笑う。

「いいですよ」

「本当ですか⁉」

あまりにもあっさりと彼の了承が得られたことに、驚きを隠せずにいたアマリリスだったけれど、そんな彼女をヴィクターはジッと見つめた。

「ですが、教えてください。貴女は、なんのために魔法を学びたいのですか？」

「……こんな私でも、誰かの役に立てるようになりたいのです」

アマリリスも真っ直ぐにヴィクターを見つめ返した。必死な面持ちで、彼女は続ける。

「聖女の杖を失った今、私の魔法は人並み以下だと思います。それでも、このライズ王国と私の母国との間で争いが起こるかもしれないという時に、ただ指を咥えて見ているというのは嫌なのです」

「ほう。具体的には、どんな魔法を習得したいのですか？」

「できることなら、人を守り、癒すことのできる魔法――防御魔法と回復魔法を。……ラッセル様に魔法を教わっていた時にもあらゆる種類の魔法を学びはしたのですが、攻撃魔法よりも、防御系や回復系の魔法に適性があるようだと言われました」

「さすがはラッセル様ですね。アマリリス様と話していて、私も同じ印象を受けました」

微笑んだヴィクターに、アマリリスは不思議そうに尋ねた。

「話しているだけでも、わかるものなのですか？」

「まあ、ある程度は。アマリリス様、貴女は優しい方です。先日、シュヴァール王国の王宮でお会いした時にも、すぐにロルフの不調に気付いて、心配してくださいましたね」

「うん、そうそう！」

ロルフがヴィクターの言葉にこくこくと頷く。

「あの時は、たまたまロルフ君の顔色が悪いことに気付いただけでしたが……」

アマリリスの言葉に、ヴィクターは首を横に振った。

「外国の、しかも小国として軽んじられている国から来た私たちに、誰もがそれほど注意を払っていませんでした。それなのに、貴女はすぐに彼のところにやってきてくれた。気配りが細やかで優しい貴女はきっと、実戦の場で、攻撃魔法を使うことをためらってしまう……いや、使うことができないでしょう」

アマリリスは思わず口を噤んだ。確かに、ヴィクターの言う通り、学ぶべき魔法のひとつとしてなら攻撃魔法を使うことができても、人間相手に攻撃魔法を放つことは、アマリリスには想像がつかなかった。

彼女の瞳の色から内心を察したように、ヴィクターが穏やかに笑う。

「一般に、そういう方にはあまり攻撃魔法は向かないのですよ。まだ、魔物相手にならば攻撃魔法を使えたとしてもね」

「そういうものなのですね」

頷いたアマリリスに向かって、ヴィクターは尋ねた。

「せっかくですし、貴女の魔法を今から見せていただいても？」

「はい。ただ、先ほどもお伝えしたように、まだ半人前ではありますが」

「構いませんよ。では、早速ですが、防御魔法を発動していただけますか？」

「わかりました」

アマリリスが意識を集中させて、光魔法の一種である防御魔法を静かに唱えると、仄かな光の膜が浮かび上がる。

薄く淡い光の膜を眺めて、彼女は小さく息を吐いた。

「聖女の杖がない今は、この程度の魔法しか使えずにいます」

「なるほど」

興味深そうにアマリリスを眺めていたヴィクターが、きらりと瞳を輝かせる。

「貴女は、おそらく力の使い方を変えれば、使うことができる魔法も変わってくると思います」

「力の、使い方……？」

「ええ。どうやら無自覚でいらしたようですが、貴女が魔物に襲われかけていた時に発動させた防御魔法は、素晴らしいのひと言でしたから」

「えっ？」

「あの時私の目に映った、貴女の身体を包んでいた防御魔法は、非常に強力なものでしたよ」

ヴィクターには当時、眩い光を放ちながら、アマリリスを包むように現れた防御魔法がはっきりと見えていたのだった。頭に疑問符を浮かべたアマリリスに、彼は微笑みかけた。

「大丈夫ですよ。聖女の杖がなくたって、コツさえ掴んでしまえば、かなり高度な魔法だって使えるようになるでしょう。ね、ロルフもそう思うでしょう？」

ロルフはにっこりと頷く。

「うん！」

アマリリスの背後に、ロルフがジッと目を向ける。彼の目には、アマリリスのそばに佇んでいる、まるで光が集まってできているかのような、透き通った姿をした美しい精霊の姿が見えていた。

（こんな精霊の加護がある人なんて、僕、初めて見たもの）

シュヴァール王国の王宮でも精霊に愛されているアマリリスを間近で見て、感動のあまりそれまでの気分の悪さなどどこかへ飛んで行ってしまったことを、彼は思い出していた。

ロルフがアマリリスを見上げて笑いかける。

「これから、一緒に魔法を学べるんだね。どうぞよろしくね、アマリリス様」

「こちらこそ、よろしくお願いします。それから、ロルフ君の方が兄弟子になるのですから、様付けはなしでお願いします」

「あ、兄弟子……！」

その言葉の、どこか自尊心がくすぐられるような響きに、ロルフは興奮気味に頬を紅潮させていた。

「じゃあ、これからはアマリリスさんって呼ぶね」

「はい。……ヴィクター様も、どうぞよろしくお願いします。弟子入りを認めてくださって、感謝しています。もう、私に対する過分なお気遣いは不要ですから」

ヴィクターに向き直ったアマリリスに、彼がにっこりと笑う。

「こちらこそよろしく。では、貴女をアマリリスと呼ばせていただきますね。ああ、そうだ」

彼がぱちりと指を弾くと、またふわりと風が舞った。

（……？）

なにが起こったのだろうとアマリリスが目を瞬いていると、彼女のもとに、一輪の花が風で運ばれてきた。重なる白地の花弁にほんのりと紅が差しているその花を、アマリリスが両手で受け止める。

「これは……」

可憐な花を眺めていた彼女に、ヴィクターが穏やかに笑いかける。

「弟子入り記念のプレゼントですよ。それは貴女と同じ名前の、アマリリスの花です」

「……かわいいお花を、ありがとうございます」

アマリリスの顔が輝く。それは彼女にとって特別な思いのある、大好きな花だった。ヴィクターから受け取ったその花を、彼女はそっと胸に抱きしめるように抱えた。

「あっ。初めてそんな風に笑ってくれたね、アマリリスさん」

ロルフの言葉に、ヴィクターも嬉しそうに頷いている。自分が自然に笑えていることに気付いてハッとしたアマリリスの頬は、腕に抱いた花とよく似た色合いに色づいていた。

庭から戻ったアマリリスは、ヴィクターから贈られた花を花瓶に生けると、リビングルームの陽当たりのいい場所に飾った。優しい色合いの花を眺めて、彼女の顔が綻ぶ。

彼女に近付いてきたロルフがにこやかに言った。

「綺麗な花だね。師匠も、なかなか洒落たことをするね」

「とても嬉しいです。この花をいただいたことも、弟子入りを認めてくださったことも」

温かな陽射しを浴びながら瑞々しく咲いている花を前にして、アマリリスは目を細めた。

「私の名前は、この花の名から取って付けられたのです」

「へえ、そうだったんだ。素敵な名前だよね」

「ありがとうございます。母がアマリリスの花が好きで付けてくれたのだと、生前に言っていました。この花を見ると母の顔が浮かびますし、大切な思い出もあります。……ヴィクター様はお優しい方ですね、このようなお気遣いまでしてくださって」

ぱちぱちと目を瞬いたロルフが、アマリリスを見つめる。

「もちろん、師匠が優しいことは否定しないけど。師匠は、誰にでもこんなに優しいっていうわけではないんだよ」

「そうなのですか？」

ロルフの言葉に、アマリリスは不思議そうに首を傾げた。

「見ての通り、師匠は人当たりは柔らかいんだけどね。たくさんの人に尊敬されて、慕われている一方で、どことなく、他の人とは一線を引いて距離を取っている部分があるような気がして。飄々としながらも、あまり、他人を自分に近付けすぎないようなところがあるんだ」

「それは意外ですね……」

どことなく、掴みどころのない雰囲気がありつつも、明るく社交的に見えるヴィクターの印象と、ロルフから聞いたイメージは少し違っていた。

「ただ、一度その距離を超えてしまうと、すごく懐が深いんだよ。僕のことも本当の家族みたいに扱ってくれるし」

「なんだか、それはわかるような気がします」

微笑んだアマリリスに、ロルフが続ける。

「それに、さっきはあんなにあっさりとアマリリスさんの弟子入りを認めてくれたけど。師匠への弟子入り志願者は多いのに、今まで師匠が首を縦に振ってくれたのは僕とアマリリスさんだけなんだよ」

「ええっ!?」

目を丸くしたアマリリスに、ロルフは楽しげに笑った。

「ふふ、驚いたでしょう？」

「はい。まさか、他の志願者は受け入れてこなかったなんて……」

戸惑ったように、アマリリスが呟く。

「私などをヴィクター様の弟子にしていただいてよかったのでしょうか。ロルフ君も、驚いたのではないですか？」

「ううん。僕は、師匠はアマリリスさんを受け入れてくれるだろうと思ってたから。むしろ、嬉しそうだったよ」

「本当ですか？」

「うんっ！　それに、僕も一緒に学べる仲間ができてわくわくしてるし」

ロルフが明るく目を輝かせる。

「ご期待に沿えるよう、頑張ります」

「そんなに気負わないで、楽しみにしてて。師匠は教え方もとっても上手だから」

「はい！」

胸が期待に膨らむのを感じながら、アマリリスはロルフを見つめた。

「改めて、これからよろしくお願いします」

「もし僕にもなにかできることがあったら、遠慮なく言ってね」

「そう言ってもらえると心強いです、ロルフ君」

にっこりと笑ったロルフがふと彼女の背後に視線をやると、アマリリスのそばで佇んでいる精霊も嬉しそうに輝きを増したように見えた。

翌日の朝食後、稽古場の庭にロルフと出たアマリリスに向かって、ヴィクターが口を開いた。

「さて、今日は貴女の魔法の稽古から先にしましょうか」

「ありがとうございます、よろしくお願いします」

頭を下げたアマリリスに、彼は微笑んだ。

「今回は、回復魔法の練習をしてみましょう。そうですね……回復させる対象は、あの木です」

ヴィクターが指差したのは、庭を囲むように立っている木のうちの一本だった。無残に太い枝が何本か折れて垂れ下がり、周囲の木々とは対照的に、枝についている白い花も元気なく萎れている。

「あっ。あれって、僕がこの前、風魔法を失敗してぶつけちゃった木だ……」

ロルフが気まずそうに頭をかく。ヴィクターは彼の頭をぽんと撫でた。

「治せばいいのですから、気にしなくても大丈夫ですよ。では早速、回復魔法を試してみましょうか」

三人はその木の前まで近付いた。アマリリスが木を見上げると、それはかなりの樹齢がありそうな、立派な太い幹をした木だった。

（木に回復魔法をかけるのは、初めてだわ……）

少し緊張気味にアマリリスが回復魔法を唱えると、柔らかな光が木を包んだ。

垂れ下がっていた細い枝の数本は、元気を取り戻して元の通りにぴんと張ったけれど、それほど回復したようには見えない。

眉尻を下げた彼女の隣に、ヴィクターが並んだ。

「今、貴女は自分の力を掌に集中させるようにして、回復魔法を唱えましたよね」

「はい、その通りです」

残念そうに自らの掌に目を落としていたアマリリスの両手に、ヴィクターが彼女の後ろから両腕を回すようにして両手を添えた。

背後から彼の腕に包まれる格好になって、近付いた彼の顔を見上げたアマリリスの心臓が跳ねる。

（なんて綺麗なお顔をしていらっしゃるのかしら……）

艶のある紺色の髪を頭の後ろで緩く結えたヴィクターの、見事なまでに整った顔が間近に迫って、アマリリスは頬を色づかせていた。色白な肌にすっと通った鼻筋、ほんの少し口角の上がった品のいい唇。なにより、長い睫毛に彩られた青緑色の強い瞳が、とても美しい。

魔法に集中しなければと自分に言い聞かせ、掌に視線を移したアマリリスの耳元で、彼の低くよく通る声が響いた。

「自分の中にある力を使うというよりは、力を借りるというイメージをしてみましょうか」

「力を借りる、ですか？」

アマリリスは、ラッセルからもそんな魔法の使い方を教わったことはなかったし、他の誰にもそんなことを聞いたことがなかった。困惑気味に再びヴィクターを見上げたアマリリスに、彼が頷く。

「そうです。貴女をそばで見守っている力強い存在に力を貸してほしいと願うような、そんな気持ちでもう一度、回復魔法を試してみてもらえますか？」

「わかりました」

ヴィクターの言う通りにできるのかはわからなかったけれど、アマリリスにとってはまさに彼自身がそんな存在だったので、彼がすぐそばにいる今はイメージがしやすかった。

彼の腕に包まれながら、アマリリスが心の中で祈る。

（この木を癒す力を、私にお与えください）

そのままアマリリスが回復魔法を唱えると、今度は輝きの強い光が彼女の手から溢れ出し、目の前の木の全体を包んだ。木を見つめたヴィクターの顔が綻ぶ。

「上手にできましたね、アマリリス。ほら、見てごらんなさい」

「……！」

彼女の視線の先で、みるみるうちに折れていた太い枝が力強く幹から張り出し、萎れていた白い花も瑞々しさを取り戻して、美しく咲き誇っていく。

アマリリスは驚いてヴィクターを見上げた。

「この魔法を、私が？　ヴィクター様がかけてくださったのではないのですか？」

「いえ、確かにこれは貴女の魔法ですよ、アマリリス」

信じられない思いで木を見上げていたアマリリスと、彼女を見守るように温かな光を放っている精霊を、ロルフも嬉しそうに見つめていた。


アマリリスがヴィクターとロルフと過ごすようになってから、あっという間に一週間ほどが経った。

朝食後のコーヒーを傾けながら、ヴィクターがアマリリスに向かって微笑んだ。

「アマリリスが来てくれてから、随分と家の中が明るくなりましたね」

「えっ、本当ですか？」

驚きに目を瞬いたアマリリスに、ロルフもにこにこと頷く。

「本当だよ！　それに、アマリリスさんのご飯はいつも美味しいし、家の中はピカピカになったし、お布団はお日様の匂いがしてふかふかだし、僕、幸せ……！」

「はは、そうですね。家が明るくなっただけではなくて、前よりもずっと整って、毎日の生活の質も上がりましたね。すっかり甘えてしまっていますが、いつもありがとうございます」

「そんな風に言っていただけるなんて、私こそ幸せです」

アマリリスが嬉しそうに笑う。彼らの家に来て、ようやく彼女が笑えるようになってから、日が経つうちにますます笑顔も増えるようになっていた。

(すっかりお世話になっているのは私の方なのに、こんなに温かな言葉をかけていただけるなんて……)

彼女が実家にいた時は、なにをしても感謝されることなどなかった。母の死後は、陰気で気味が悪いと蔑まれ、義母や妹の機嫌が悪ければ容赦なく打たれたし、助けてくれる人もいなかった。どうにか食事にありついて、生きていくだけでも精一杯だった日々には、幸せを感じられる機会などほとんどなかった。

彼女が聖女に認定され、魔法の学習と王妃教育に力を入れるために王宮に居を移してからも、婚約したネイトはアマリリスに冷たかった。そんな彼女を嘲笑うかのように、妹のカルラはこれ見よがしにネイトに会いに来ては、彼が甘い表情を自分に向けるところを姉に見せつけていたし、温和なラッセルに魔法を教わる時間以外は、息の詰まるような時間が長かったのだ。

ごく最近までのそんな日々が遠く感じられるほどに、アマリリスはヴィクターとロルフと過ごす日々に癒されていたのだった。

ヴィクターがアマリリスを優しい瞳で見つめる。

「それに、まだそれほど日が経ってはいないのに、アマリリスの魔法は目覚ましく上達していますね」

「それは、ヴィクター様の教え方がお上手だからです。あんな魔法の使い方があることすら、これまでは知りませんでしたから」

まだ、聖女の杖を使っていた時のようには強い魔法を軽々と使いこなすというわけにはいかなかったけれど、それでも、アマリリスの魔法は鮮やかな伸びを見せていた。

「はは、貴女は素直で吸収も速いから、私も教えがいがありますよ。素敵な弟子に恵まれて、私も嬉しいです」

コーヒーをテーブルに置いたヴィクターの手が伸びて、彼女の頭を柔らかく撫でた。彼の眼差しと大きな手の感触に、アマリリスの胸が高鳴る。ほんのりと頬を色づかせたアマリリスは、恥ずかしそうに目を伏せた。

（こんなに素晴らしい方に師事することができて、私はなんて恵まれているのかしら。ヴィクター様を頼れと言ってくださったラッセル様にも、感謝しかないわ）

ヴィクターからなにげなく温かな言葉をかけてもらったり、魔法の腕が上がったことを褒められたりするたびに、アマリリスは、それまでに感じたことのない胸が締めつけられるような感覚を覚える。どこか切なく胸の奥が疼くようなその感情に、彼女自身も戸惑いを覚えていた。

どぎまぎとしていたアマリリスは、少し呼吸を落ち着かせてからヴィクターに尋ねた。

「ところで、シュヴァール王国の様子は、最近どうなのかご存じでしょうか」

アマリリスとロルフに稽古をつけてから、ヴィクターは大抵、シュヴァール王国との国境の様子の偵察に出かける。王宮にも度々顔を出しては、情報を共有している様子だった。

ヴィクターは、不安げに表情を翳らせたアマリリスを見つめた。

「動きはありますが、多少もたついているような印象です。シュヴァール王国にとっても、この国を攻めるとなれば久々の戦となりますからね。足踏みしている部分もあるのかもしれません。まあ、遅かれ早かれ、攻めてくるようには思われますけどね」

「そうですか……」

きゅっと口を引き結んだアマリリスの前で、ヴィクターは椅子から立ち上がった。

「さて、ひと休みしたら今日も稽古を始めましょうか。……おや？」

開いていた窓から、一通の手紙がヴィクターを目がけるようにひらりと舞い込んでくる。

風魔法を纏って飛んできた手紙を手に取って裏返し、差出人を確かめた彼が呟く。

「ルキウス王太子殿下からですね」

封を開けて便箋を取り出したヴィクターが、さっと文面に目を走らせる。

ロルフが待ち切れない様子でヴィクターに尋ねた。

「師匠、どんな用件なのですか？」

「……彼が、改めて私たちに話したいことがあると。それから、私たちが保護している隣国の方に会いたいと」

困ったように眉尻を下げたヴィクターを、アマリリスが不思議そうに見つめる。

「つまり、私に、ですか？」

「王太子殿下には、シュヴァール王国から保護した方がいるとだけ告げて、貴女が環境に慣れて落ち着くまではと、詳細の報告は少し待ってもらっていたのです。でも、どうやら待ち切れなくなったようですね。……気が進まないようなら断りますが、アマリリス、どうしますか？」

「お伺いします。お断りする理由もありませんし」

即答したアマリリスに、ヴィクターが微笑む。

「では、皆で行きましょうか。ロルフにも会いたいそうですよ」

「僕にも？　どんなお話なんだろう」

「想像するよりも、行って確認した方が早そうですね。準備ができたら、王宮に向かいましょうか」

ヴィクターの言葉に、アマリリスとロルフはすぐに頷いた。

第四章　秘めた想い

ライズ王国の王宮は、ヴィクターの屋敷の目と鼻の先だ。身支度を整え直したヴィクターとロルフ、そしてアマリリスの三人は、間近に聳《そび》える王宮へと徒歩で向かう。

ヴィクターの顔を見て、門番はすぐに通してくれた。勝手知ったように王宮の廊下を歩くヴィクターとロルフの後をついていくと、アマリリスは立派なドアの前へと行き着いた。

ドアをノックしたヴィクターの耳に、部屋の中から返事が届く。彼がドアを開けると、そこにライズ王国の王太子であるルキウスがいた。珍しい瑠璃色の髪に金色の瞳をした、端整な容姿の持ち主だ。

（ルキウス様、お久し振りだわ）

前に彼と会ったのは、アマリリスがシュヴァール王国の王宮のパーティーで彼に挨拶をした時だった。

ルキウスと目が合うのと同時に、アマリリスの姿を認めた彼の目が驚きに見開かれる。彼はがたっと音を立てて椅子から立ち上がった。

「アマリリス様が、どうしてここに？　……ヴィクター。君がシュヴァール王国から保護したというのは、まさか……」

「ええ。見ての通り、アマリリス様です」

「……シュヴァール王国で、ネイト王太子がアマリリス様との婚約を破棄して、追放したという噂は本当だったのか」

そう呟くように言ったルキウスに一礼したアマリリスが、静かに口を開く。

「はい、その通りでございます」

鋭い視線で腕組みをした彼を見つめて、アマリリスは苦々しく思う。

（ライズ王国にも、もうその話は届いているのね。それならきっと、悪女と言われた私の悪評も届いているはずだわ）

氷の聖女と呼ばれていたシュヴァール王国の王太子の婚約者は、妹を手にかけようとした偽聖女だったと、そんな噂までも届いているのだろうかと思いながら、アマリリスは目を伏せる。

思案げに彼女を見つめながら、ルキウスはヴィクターに尋ねた。

「国境沿いで彼女が魔物に襲われかけていたところを保護したと、そういう話だったな？」

「はい。彼女は後ろ手で縛られた状態で、魔物の巣窟前に放り出されていました。しかも、魔物をけしかけたような爆発音まで聞こえましたからね」

そう言うヴィクターの瞳に隠し切れない怒りの色を感じて、アマリリスは胸が熱くなった。どんな状況になったとしても、彼は確かに自分の味方だと、そう感じられたからだ。

ルキウスは次にロルフに視線を移した。

「ロルフ、君はどう思う？」

ロルフはアマリリスを庇うように彼女の前に立った。

「アマリリスさんは、婚約破棄されるような悪いことなんてなにもしてない。原因があるとすれば、このライズ王国に攻め入ろうとしていたネイト王太子に、戦のために聖女の力を貸すのを拒んだことだけなんです」

「ほう。……すまないが、アマリリス様の口から、これまでの経緯を説明してもらえないか？」

ルキウスに見つめられて頷いたアマリリスは、これまでに自分の身に起こったことを端的に話した。黙ったまま彼女の言葉に耳を傾けていたルキウスは、アマリリスが話し終えるとひとつ頷いた。

「なるほどな。それで、ヴィクターに助けられて、彼とロルフのところに滞在していると。……どうだろう、この王宮に居を移すつもりはないか？　身の安全は保証する」

アマリリスの瞳が揺れる。

（私を直接の監視下に置きたいと、そういうことなのかしら）

敵国となる可能性が高い隣国から来た、それも王太子の元婚約者だ。自分の言葉をそのまま信じてもらえるとは彼女も思ってはいなかったし、疑われても仕方ないと感じていた。

けれど、その時ヴィクターが横から口を挟んだ。

「それは認められませんね」

「なぜだ？」

「アマリリスはもう、私の弟子ですから」

「なんだって⁉」

信じられないといった様子でルキウスが目を瞠る。

「あれだけ、ロルフ以外の者の弟子入りを断ってきた君が？」

「ええ。まあ、そういうことなので、アマリリスは諦めてください。その代わり、彼女が我々の味方なのは、私が保証しますから」

しばらく口を噤んでから、ルキウスはアマリリスを見つめた。

「俺は、貴女がしてくれた説明や、ヴィクターとロルフの言葉を疑っているというわけではない。もしも貴女に悪意があるのなら、ロルフがとっくに気付いているだろうし、人を見る目に関しては、ヴィクターは誰より鋭い目を持っているからな。……だが、俺の立場上、貴女をそのまま受け入れるというのも難しいのだ。状況が状況だけにな」

「はい、存じております」

頷いた彼女に向かって、ルキウスが続ける。

「もし貴女が本当にこの国に味方してくれるというのなら、ひとつ頼みたいことがある」

「それは、なんでしょうか？」

「最近我が国で掘り出された稀少鉱物のリドナイトの、武器や防具への加工を早急に進めているのだ。そして、リドナイトは魔法への耐性が高い鉱石なのだが、魔法を込めることもできるという変わった特徴がある」

「魔法を込められる、ですか。つまり……」

「ああ。最後にできあがった武器と防具に魔法を込める段階で、君の力を借りたい」

ルキウスの言葉を受け、アマリリスは思考を巡らせる。

（私の魔法をライズ王国のために使うことを確認できるなら、ルキウス様の信頼も得られるし、彼自身も周りを説得しやすいと、そういうことかしら）

気遣わしげに彼女を見つめるヴィクターに微笑んでから、彼女はルキウスに向かって口を開いた。

「承知いたしました。ただ、ひとつ条件があります」

「それはなんだ？」

「防具でしたら、防御魔法を込めるお手伝いをさせていただきましょう。ですが、申し訳ありませんが、武器作りはお手伝いいたしかねます」

「理由を聞いても？」

片眉を微かに上げたルキウスに、アマリリスは続けた。

「私はそもそも攻撃魔法にあまり適性がないのですが。なにより、私は今でも、シュヴァール王国とライズ王国との戦は望んでおりません。できることなら、民が傷つく戦は避けたいのです」

「ほう、そうか」

「ただ、シュヴァール王国が攻め入ってきたのなら、ライズ王国の民を守るのは当然のこと。そのために私にできることがあるなら、喜んでお力になります」

ルキウスの瞳に、ふっと温かな色が浮かぶ。

「承知した。ありがとう、アマリリス様」

「よいのですか、アマリリス？」

ヴィクターの言葉に、彼女はためらいなく頷いた。

「はい。……ルキウス様、よろしくお願いいたします」

「期待しているよ。また詳細は追って連絡する」

最後にルキウスに一礼した彼女は、ヴィクターとロルフと共に彼の前を辞した。

屋敷に戻る道すがら、ヴィクターはアマリリスに申し訳なさそうに口を開いた。

「アマリリスまで我が国の事情に巻き込むことになってしまい、すみません」

「いいえ、そんなことはありません」

難しい顔をしていた彼に向かって、アマリリスは首を横に振って微笑む。

「それに、せっかくヴィクター様に教えていただいた魔法を、民を守るために使えるのなら本望ですから」

「そう言ってもらえると、私も嬉しいのですが。ただ、あまり無理はしないでくださいね。それに私も貴女と一緒に行きますから」

「僕も！」

ロルフも勢いよく手を上げる。

「おふたりとも……よろしいのですか？」

「もちろん！」

「ロルフの言う通りです。それに、こんなことに巻き込んでしまったのは、私が貴女をルキウス王太子殿下に会わせてしまったせいでもありますし」

アマリリスは、ふたりににっこりと笑いかけた。

「ありがとうございます。それに、ヴィクター様は、これまでも私のことを庇ってくださっていたのですよね。こんな私を弟子にしてくださった上に、そこまでしてくださって、本当に感謝しています」

「いえ、そのくらいは当然ですよ。大切な貴女のためですから」

（……きっと、ヴィクター様の言葉には、深い意味はないのでしょうけれど）

ヴィクターの言葉につい動揺してしまったアマリリスは、頬にかあっと熱が集まるのを感じていた。

＊＊＊

一方、シュヴァール王国では、ネイトが遅々とした戦の準備に苛立っていた。

（くそっ。父上の反対がなければ、もっと円滑に進むのに）

国王からのネイトへの権限の委譲は、彼の身体が弱かったこともあり、徐々に進められてはいたけれど、未だに国王の権限は残っている。

どうすべきかを考えながら、彼は王宮の中庭で、ベンチの隣に腰かけているカルラと彼女の手の中にある聖女の杖を見つめた。

「カルラ、その聖女の杖はどうだ？」

「ふふ。見てください、ネイト様」

彼女が軽やかに魔法を唱えると、杖から天に届くほどの鋭い稲妻が走った。ネイトの目が輝く。

「素晴らしい攻撃魔法だな」

「このくらい、造作もありませんわ」

稲妻の残像を楽しむように、カルラは天を見上げてから、手の中にある聖女の杖をきゅっと握った。

（この杖、素晴らしいわ。こんなものをこれまでお姉様が持っていたなんて、宝の持ち腐れと

いう他ないわね）

初めは使い方もわからず、聖女の杖についてネイトに尋ねられた時、慎重に言葉を濁していたカルラだったけれど、試すうちに、ただ杖を手にしているだけで優れた魔法が発動できることがわかった。竜を模した美しい杖を見つめて、カルラの顔に満足げな表情が浮かぶ。

（私がやったことは、やっぱり間違ってはいなかったわ。皆、あんなに簡単に騙されるなんて、馬鹿みたい）

それは、祝福の儀の際、カルラが聖女像を前に跪いた時のことだった。彼女を前にして、聖女像は微かな光を帯びたものの、姉のアマリリスの時ほどではなかった。それに納得がいかなかったカルラは、跪いて俯きながら小声で光魔法を唱え、聖女像に光を纏わせて輝かせたのだ。

祝福の儀では、畏敬の念を持って聖女像の前に跪くことが求められ、邪な気持ちを抱いて祝福の儀に臨むと天罰が下ると言われている。カルラは畏れ多くも、そんな神聖な場を逆手に取った。

そもそも、聖女像が輝いたからといって名誉以上にも以下にもならない。不正を働く動機が乏しく、通常は魔法学校の成績上位者にしか起こらないことであり、アマリリスのようなケースは例外中の例外だった。カルラは学校の成績も優秀だった上に、聖女認定されたアマリリスの妹だということで、疑われる可能性が低いだろうと見越していたのだ。

その成功に味を占めたカルラは、聖女の杖が輝いた時も同様に、あたかも杖が自ら発光したように見せかけたのだった。それを自然に見せられるだけの光魔法の技術を持っており、かつ神をも恐れぬカルラだからこそできた所業だったとも言える。聖女像やその杖の神聖さを尊ぶという感覚を、カルラは持ち合わせてはいなかった。

笑みを溢したネイトが、カルラの身体を抱き寄せる。

「君がいれば、勝利は間違いないだろう。よろしく頼むぞ」

「承知しておりますわ」

彼の腕の中で、カルラは隠し切れず口角を上げていた。

＊＊＊

ルキウスからの依頼を受けた数日後、ヴィクターとロルフと共に王宮からの迎えの馬車に乗り込んだアマリリスは、馬車の窓から外の景色を眺めていた。

三人の横には、数日分の荷物が入った鞄がまとめられている。

「リドナイトの精製と、それを使った武器や防具作りを行っているという場所は、シュヴァール王国との国境からもあまり遠くないところなのですね」

「そうですね。そもそもリドナイトが採れた場所から近い精製所を使っているので、必然的にそうなるという部分もあるのかもしれませんが」

ロルフが、斜めがけにした小さな鞄の中をごそごそと確認している。

「師匠。魔力回復用の薬も、作った分だけ持ってきたよ」

「ありがとう、ロルフ」

その言葉に驚いて、アマリリスがロルフを見つめる。

「ロルフ君は、魔力回復薬を作れるのですか？」

「うん！　特殊な薬草を煎じて作るんだよ」

「では、ロルフ君の部屋から漂ってきたあの匂いは、薬草を煎じている匂いだったのですね」

アマリリスは屋敷に来てから一週間あまりというもの、屋敷全体の掃除や片付けにかかりきりになっていたけれど、その時に、ロルフの部屋の中からたまに漂ってくる不思議な香りが気になっていたのだ。

「そうだよ。他にも、毒や薬になる植物の研究なんかもしているから、僕の部屋からはちょっと変わった匂いがすることもあるかもしれない」

「そういえば、シュヴァール王国の王宮に来ていた時も、毒見役というお話でしたものね」

かわいらしい少年が毒見役と聞いて、つい心配になったことをアマリリスは思い出していた。

ヴィクターが頷く。

「ロルフは飲食物を口にしなくても、匂いだけで大抵危険を判別できますし、人の感情にも敏感ですから、ルキウス王太子殿下にも信頼されているのですよ」

「ロルフ君、多才ですね……！」

感心しているアマリリスの前で、照れたようにロルフが鼻の下を擦る。

「いや、それほどでも……。でも、興味があれば、今度アマリリスさんも薬の調合を見てみる？」

「はい、是非見てみたいです」

ふたりの会話を、ヴィクターは穏やかな表情で聞いていた。

「まだシュヴァール王国の動きがない今のうちに、できるだけの対策をしているのですよ。薬の用意も、これから行く武器や防具作りも然りです。……それに、今向かっている目的地は、アマリリスが馬車から降ろされたあの魔物の巣窟からもそう距離はないので、なにかあった場合に備えているというのもあります」

魔物の恐怖が甦り、アマリリスの表情が微かに曇った。慌ててヴィクターが続ける。

「すみません、思い出させてしまいましたか？」

「いえ、今はヴィクター様が一緒にいてくださいますし、不安はありませんから」

「そうだよ、師匠は強いからね！」

ヴィクターがホッと表情を緩めた時、馬車が止まった。

「着いたみたいですね」

荷物を手に三人が馬車から降りると、生い茂る木々に囲まれるように、無骨な石造りのどっしりとした大きな建物が目の前に見えた。建物の門扉が開いて、数人の男女が駆け足でやってくる。

「ヴィクター様！　お待ちしておりました」

「ご無沙汰しております、ヴィクター様」

魔術師と思しき笑顔の人々に囲まれるヴィクターを、アマリリスはロルフと少し下がった場所から見つめていた。

一歩足を踏み入れると、少しひんやりとした建物の中は外観以上に広く、奥行きがあり部屋数も多い印象を受ける。ヴィクターと共に案内されて進んだ長い廊下の奥でも、彼が姿を現した途端、彼の周囲には人の輪ができていた。

（こんなに多くの人に慕われていらっしゃるのね、ヴィクター様は）

ロルフから、ヴィクターがたくさんの人に尊敬されていると聞いたことが改めて思い出される。

アマリリスの視線の先では、幾人かの美しい女性も、我先にと争うように、頬を紅潮させてヴィクターに話しかけていた。

つきりと胸が痛むのを感じて、アマリリスは思わず目を逸らした。

（ヴィクター様にこれほど人望があるのは、喜ばしいことのはずなのに。どうして、こんな気持ちになるのかしら）

知らず知らずのうちに小さく息を吐いたアマリリスに気付いたのか、ロルフが苦笑する。

「まあ、いつものことだから、あんまり気にしないで。師匠は、あんなに優秀で美男子なのにまだ婚約もしていないから、特に女性陣が放っておいてくれないんだよねえ。ここからでも、師匠が困った顔してるのがわかるけど……」

ちょうどその時、額に汗を浮かべたひとりの男性が奥の部屋から出てきて、汗を拭いながらアマリリスとロルフのもとに近付いてきた。

「ロルフ君、久し振りだね。こちらの方は？」

「アマリリスさんだよ。師匠に弟子入りしたばかりなんだ」

「ええっ⁉」

目を大きく瞠った彼に、アマリリスは微笑んだ。

「はじめまして、アマリリスと申します」

「こんにちは。俺はリカルドといって、ここの責任者をしています。少し手が離せなくて、遅くなってすみません」

「いえ。たくさんの方々が、ここで作業をしていらっしゃるようですね」

「はい。できる限り多くの魔術師をここに召集しているところで、今は魔術師だけでも三十名ほどが一斉に作業をしています。その他に、リドナイトの精製や武器防具の製造を行っている者たちもいるのです。この建物の一階と二階が作業場になっていて、寝泊りには三階の部屋を使っています」

アマリリスよりもひと回りほど年上と思われるリカルドは、栗色の髪に紫の瞳をした爽やかな男性だった。リカルドがまじまじと彼女を見つめる。

「まさか、ヴィクター様が新しい弟子を取られていたなんて驚きました。いったいどうしたら、ヴィクター様に弟子入りを認めてもらえるのですか？」

「それは……」

興味津々といった様子でアマリリスを見つめる彼に、彼女は困惑気味に眉尻を下げた。彼は察したように柔らかな笑みを浮かべる。

「すみません、お会いしたばかりでこんなことを聞いてしまって。こちらには、ヴィクター様とロルフ君と一緒に手伝いにいらしてくださったのですか？」

「はい、その通りです」

「それは助かります。人手が足りていませんでしたから」

にっこりと笑ったリカルドと、ロルフと談笑していたアマリリスのもとに、ヴィクターが戻ってくる。

「すみません、少し捕まってしまって」

「いえ。さすがヴィクター様は人望があるのだなと思っていました」

「師匠が人と会う時は、いつもこんな感じだもんね」

ヴィクターは困ったように笑ってから、アマリリスを見つめた。

「アマリリス、貴女を紹介させてください。リカルド様、ロルフ、少し彼女を借りますね」

彼に促されるまま人々の前に進み出たアマリリスの隣で、ヴィクターが口を開く。

「彼女はアマリリス。私の新しい弟子です」

ざわり、と人々に動揺が走る。今までは頑なにロルフ以外の弟子入りを断っていたはずのヴィクターから、新弟子として紹介されたアマリリスは、嫉妬の籠もったいくつもの視線を感じざるを得なかった。

見かけない顔だな、と呟く声も聞こえる。ヴィクターは、了承を得るようにアマリリスを見つめ、彼女が頷くのを確認してから、彼らに向かって続けた。

「アマリリスは、事情があってシュヴァール王国から来ました。ルキウス王太子殿下も、それをご存じです」

アマリリスには、さらにざわめきが大きくなったように思われた。今にも崩れそうな両国の緊張関係を知っている者なら当然の反応だと肩身が狭く感じていた彼女の肩を、ヴィクターが励ますようにそっと抱く。

「彼女が信頼できる人物であることは、私が保証します。それに、彼女は殿下の依頼を快諾して、我々に力を貸すためにここに来てくれました」

ヴィクターに視線を向けられて、アマリリスが彼らに向かって口を開く。

「皆様、どうぞよろしくお願いいたします」

彼女が一礼するのを待ってから、ヴィクターはリカルドを見つめた。

「リドナイト製の武器と防具は、どのくらい完成しているのですか？」

「魔法まで込め終わったものは、まださほど多くはありません。その手前の、武器と防具まで加工できたものは少しずつ増えていて、魔法を込めるための人材を今は慌ててかき集めているところです」

「なるほど。早速ですが、対象の武器と防具のある場所を教えていただいても？」

「はい。ただ今ご案内します」

持ち場を離れていたと思われる魔術師らしき数人も、リカルドとヴィクターの後に続くように移動を始める。敵意とは言わないまでも、どことなく疑念に満ちた空気を感じていたアマリリスに、彼女の隣を歩いていたヴィクターが気遣わしげに囁いた。

「私は、できるだけ貴女のそばにいます。けれど、なにか気になることがあったなら、遠慮なく私に言ってください」

「ありがとうございます」

アマリリスは、ヴィクターに向かってあえて明るく笑ってみせた。ロルフも、視線で彼女の味方だと伝えてくれているのがわかる。

（ヴィクター様とロルフ君がいてくれるなら、私にはそれで十分だわ。それに、私にできるこ

とをするだけだもの）

　常にアマリリスを慮《おもんぱか》ってくれるヴィクターの存在が、彼女の中では日に日に大きくなっている。けれど、彼への仄かな憧れは、無意識のうちに胸の奥に閉じ込めていた。

（こんな私を助けて、弟子にしてくださったヴィクター様に、決してご迷惑をかけないようにしなくては）

　距離はこんなにも近いのに、どこまでも遠い存在のように思えるヴィクターの隣をアマリリスは静かに歩く。

「ヴィクター様、リドナイト製の武器と防具はこちらです」

　リカルドに案内された先の部屋の一角に、様々な種類の武器と防具が積まれている場所があった。剣や槍、弓矢のような武器に加えて、鎧兜に盾もある。そのどれにも共通しているのが、黒真珠のような美しい光沢だった。

　手近な盾をひとつ手に取ったヴィクターが、感触を試すようにコンと叩く。

「確かに軽く、思いのほか美しい素材ですね」

「そうでしょう？　でも、見た目以上に耐久性があって丈夫ですから」

　リカルドが微笑みを浮かべる。

「一部の武器と防具はもう魔物対策に活用されているのですが、評判は上々です。リドナイトも限りなく採れるわけではないので、戦にならなければ、魔物対策用にもっと使いたいところなのですがね……」

　それを聞いていたアマリリスの表情が曇る。

（もし戦がなければ、魔物の被害を抑え、よりライズ王国の治安をよくするためだけにこれらを使えるのに）

　リカルドは、ヴィクターが手にしている盾を見つめた。

「これらに魔法を込めるには、少しだけコツがいるのです。ヴィクター様になら説明は不要かもしれませんが、一応ご参考までに、この盾を使って実演してみせてもよろしいですか？」

「ええ、お願いします」

　彼はヴィクターから盾を受け取ると、防御魔法を唱えて手に纏わせ、そっと盾の内側をなぞるように触れた。防御魔法の光が、リカルドの手が止まった場所から盾に吸収されていく。

「この素材は魔法を弾いてしまうこともあるのですが、魔法を吸収しやすいポイントがあるのです。魔法をかけていくうちに、次第にその感覚が掴めてくると思います」

　ヴィクターの瞳が楽しげに輝く。

「ほう、なるほど。私も早速ひとつ、試してみても？」

「はい、もちろんです」

　リカルドはヴィクターに、兜をひとつ手渡した。ヴィクターが魔法を唱えると、彼の手から放たれた眩い光が、するすると兜に吸収されていった。兜が内側から明るい光を帯びる様子を見ていたリカルドが破顔する。

「さすがはヴィクター様ですね。込められる魔法の威力によって、強化される程度も変わってくるのです。そのような強い魔法を込めていただけたら、言うことはありません」

「では、ここに並べられているものに端から魔法を込めていけばいいのですね？」

「その通りです。お願いします」

ヴィクターはロルフとアマリリスに向き直ると、ふたりにそれぞれ腕用の防具と小ぶりの盾を手渡した。

「今、リカルド様が説明してくださった通りですが。そうですね……魔法を防具に当てていくと、少し感触が違う場所があるので、そこに一気に力を込めるのがコツでしょうか」

ロルフがわくわくとした様子で防具を見つめる。

「僕もやってみるね！」

探るようにロルフが手に纏わせた回復魔法を当てていくと、ある場所ですうっと魔法が防具に吸い込まれ、防具が内側から輝いた。

「よくできていますね。では、アマリリスも」

「はい」

アマリリスは、手にした盾を見つめると、ヴィクターの言葉を思い起こした。

（私を見守っていてくれる存在に、力を借りるように）

ヴィクターのもとで魔法の練習を続けるうちに、その感覚はもうある程度掴めてきていた。それに、魔法をかける対象が防具ということで、アマリリスにとってはそれを使う人の安全を願うイメージがしやすかったのだ。

（この盾を使うことになる方が、どうか傷つくことのないよう、私に力を貸してください）

アマリリスが魔法を唱えて盾をなぞると、黒真珠のような虹色の光沢が浮かび上がり、盾はひと際眩い光を帯びた。

「わあっ、すごいね！」

ロルフの言葉に頷いたヴィクターが、目を細めてアマリリスを見つめる。

「素晴らしいですね、アマリリス。随分と上達しましたね」

「ありがとうございます。ヴィクター様のご指導のおかげです」

手にした盾が未だに美しい輝きを帯びている様子を、アマリリスは嬉しく思いながら眺める。

ふと、自分のそばで舞うきらきらとした光が見えたような気がして、不思議に思って周りを見回した。

（今のはなんだったの。気のせいかしら？）

そんなアマリリスをジッと見つめていたひとりの女性が、訝しげに口を開く。

「アマリリス様っていうお名前、もしかして……シュヴァール王国王太子の婚約者では？　氷の聖女と呼ばれていた……」

周囲の空気が、すっと冷気を帯びたようにアマリリスは感じた。疑惑の籠もった視線に、彼女の顔が強張る。そんなアマリリスの表情に、女性は我が意を得たりとばかりにヴィクターに向かってまくし立てた。

「ヴィクター様、彼女に騙されているのではありませんか？　だって、もし彼女がシュヴァール王国の聖女だったなら、このタイミングで我が国に来るなんておかしいではありませんか。シュヴァール王国に企みがあって送り込まれたと考えるのが自然です」

普段の温和な表情からは想像がつかないほど、ヴィクターの顔がみるみるうちに厳しくなる。彼はアマリリスを身体で庇うようにしながら女性を見つめた。

「言ったでしょう、アマリリスは信頼できると」

「ですが、ヴィクター様……」

「彼女はもう、ネイト王太子の婚約者ではありません。濡れ衣を着せられ、母国から追放されて、ここからもほど近い魔物の巣窟の前に、手を縛られた状態で放り出されていたのです。それでもシュヴァール王国の手の者だと疑うのですか？」

「そ、それは。我々を油断させようとしているとか。氷の聖女なんていう呼ばれ方だって、評判を疑いますし……」

落ち着いた物言いながらも怒りを隠し切れないヴィクターに、女性は怯んで青ざめ、悔しげに唇を噛んだ。

「私の弟子を貶めるような物言いは、私が許しません。よろしいですね？」

一瞬、辺りがしんと静まり返った。リカルドが、場を取り持つように彼らの間に割って入る。

「ほら、見てください。アマリリス様が魔法を込めてくださったこの盾を。彼女の防御魔法のおかげで、非常に質の高い盾に仕上がっています。アマリリス様が我々に力を貸してくださっていることに間違いはありません」

悔しげに女性が口を閉じる。戸惑いながらヴィクターを見上げたアマリリスに、彼は優しく微笑んだ。

「さ、続けましょうか」

「はい」

アマリリスの胸が、ヴィクターの言葉にギュッと締めつけられる。

（私のことを、これほどに守ってくださるなんて）

自分を助けてくれたヴィクターに感謝を伝えたかったけれど、アマリリスには、それを表す上手な言葉がすぐに出てはこなかった。代わりに、彼女は次にリドナイト製の胸当てを手に取った。

（ヴィクター様の信頼に応えられるように、私もできる限りの力を尽くさなくては）

手にした胸当てに、アマリリスはまた祈るように防御魔法を込めた。

その翌日、アマリリスが魔法を込めた兜を、リカルドは嬉しそうに手に取った。

「アマリリス様が防御魔法を込めてくださった防具は、どれも素晴らしい出来ですね。これなら、一度の魔法で十分です」

魔法の込め方が足りない防具には、繰り返し魔法をかけて強化を図る必要があった。リカルドの言葉に、彼女はホッと安堵の笑みを浮かべる。

「ありがとうございます、そう伺って安心しました」

リカルドは、アマリリスに手にした剣を渡した。

「次は、こちらの剣をお願いできますか？」

アマリリスの顔がさっと曇る。

「すみませんが、武器についてはお手伝いできません」

「それは、なぜですか？」

不思議そうに尋ねたリカルドの前で、彼女は俯いた。

「……人々を傷つける可能性のある武器には、私の力は使いたくないのです。申し訳ありません」

周囲の魔術師たちの数人から、アマリリスは刺すような視線を覚えていた。昨日ヴィクターに訴えていた女性も、やっぱりと言わんばかりの嫉妬と疑念の入り混じった瞳を彼女に向けている。

師の言葉があったからこそ、彼らは無言でいるだけだということが、アマリリスには痛いほどに感じられた。

再びヴィクターが口を開こうとしたのを、アマリリスが首を横に振って止める。

（これ以上、ヴィクター様にご迷惑をおかけしたくはないもの）

ロルフも心配そうな瞳をアマリリスに向けていたけれど、信頼を得るためには自分の行動で示す他ないと、彼女は考えていた。アマリリスがリカルドに尋ねる。

「また防具を担当させていただいても構いませんか？」

「ええ。それでも非常に助かりますから」

リカルドはすぐに理解を示して微笑むと、近くにあった防具を彼女に手渡した。アマリリスは意識を防具に集中させて、防御魔法を唱える。

黙々と皆が武器や防具に魔法を込める中、ヴィクターとロルフがハッとしたように魔法を纏わせていた手を止めた。

「ヴィクター様、ロルフ君、どうしたのですか？」

首を傾げたアマリリスに向かってヴィクターが口を開きかけた時、急にどすんと大きな衝撃を受け、建物が激しく揺れた。

「なんだ⁉」

ざわざわと動揺が皆に走る中、ヴィクターが大きな窓に駆け寄って外の様子を確認した。彼の目つきがふっと鋭くなる。

「とうとう、シュヴァール王国軍がお出ましのようです」

リカルドが慌ててリドナイト製の鎧を彼に向かって差し出した。

「ヴィクター様、早くこれを身に着けてください」

「いや、私は大丈夫です。ここにいる皆で使ってください」

窓の外から襲い来る激しい炎を風魔法で弾き飛ばしてから、彼はすぐさま風魔法をその身に纏わせて浮かび上がった。

「私は外で応戦します。皆、下がっていてください」

窓から出ていくヴィクターの姿を、誰もが緊張の面持ちで見つめていた。魔物と戦うことはあっても、他国の軍隊と戦った経験のほとんどない魔術師たちは、顔を青ざめさせている。

「師匠……！」

「ロルフ君！」

ヴィクターの後を追うようにして、バルコニーに向かって駆けていくロルフの後を、アマリリスも急ぎ追いかける。

その時、後ろから走ってきたリカルドの声が聞こえた。

「せめて、これだけでも使ってください」

彼から兜と盾を手渡される。さっきアマリリスが魔法を込めたばかりのものだ。

「ありがとうございます」

アマリリスは頷くと、受け取った兜を後ろからロルフの頭に被せ、盾を持った。

ヴィクターの無事を祈りながら、アマリリスはロルフの後を追ってバルコニーへと駆けていった。

盾に隠れるようにしながらバルコニーに出たアマリリスの背筋が、すうっと冷える。

（嘘……）

いつの間に来たのだろうと思うような大きな軍勢が、彼らのいる建物の目と鼻の先に迫っていた。その先鋒にいるのは、ネイトとカルラのふたりだ。

カルラの手には聖女の杖が握られている。隣にいるネイトも、攻撃魔法に非常に秀でていることをアマリリスはよく知っていた。

手に激しい火魔法を纏わせたネイトが、にっと笑って宙に浮くヴィクターを見つめる。

「今すぐにその建物を明け渡し、稀少鉱物リドナイトの利権ごとシュヴァール王国に渡すと約束するなら、それで手を打ってやってもよいぞ」

ヴィクターはネイトを冷ややかに睨みつけた。彼の手には、目の覚めるような魔法の氷が纏われている。それは水魔法の威力をさらに高めた、高度な技だ。

（ヴィクター様、風魔法と水魔法を同時に……？）

師の姿に驚くアマリリスの前で、彼は口を開いた。

「ルキウス王太子殿下から既にお断りしていることは、よくご存じのはずでしょう」

ネイトがわざとらしく顔を顰める。

「貴国の王太子は失礼だな。交渉にも応じなかった上に、改めて我が国に招待したというのに、にべもなく断るなんて」

彼はルキウスに手紙を送って、シュヴァール王国への再訪を促していた。けれど、そこに込められていた敵意をロルフが見抜いたために、ルキウスは丁重に断りを入れていたのだ。

もしもルキウスが求められるままにシュヴァール王国を訪れていたなら、今度はその場で囚われて、その命と稀少鉱物の利権を天秤にかけるよう迫られていたはずだった。

「シュヴァール王国の新しい王となる俺に、もっと敬意を払ってもいいんじゃないか？」

ネイトの言葉に、アマリリスの瞳が動揺に揺れる。

(新しい王、ですって？　どういうことなのかしら。ネイト様のお父上は、王位を退いてしまわれるの……？)

実際は、埒が開かないことに業を煮やしたネイトが、身体の弱い国王を謀り、幽閉同然の状態にした上で全権限を奪っていたのだった。

正式な王位継承の手続きは未了だったものの、独断で彼が決めた進軍に反対できる者は、国内にもう誰もいない。

ネイトは、先日もシュヴァール王国にルキウスと共に訪れていたヴィクターを見据えた。

「君はライズ王国で最も優れた魔術師だそうだな。そんな君に問う。このままだと、貴国で多数の死者が出るぞ。リドナイトの利権とその建物にある武器防具を大人しく手放す方が、まだ国のためになると王や王太子を説得する方が得策だとは思わないのか？」

ヴィクターは淡々と答える。

「これは、我が国を魔物から守るために必要なもの。ここで貴国の言葉に従えば、さらに弱体化するライズ王国の未来に、見て見ぬふりをしろと言われているようなものです」

「まあいい。大人しく服従する気がないなら、実力で捩じ伏せるまでだ」

ネイトが手に纏わせていた炎をヴィクターに向けて放った。ヴィクターの背後にいつの間にか回り込んでいた敵兵からも、複数の攻撃魔法が彼を目がけて飛んでくる。

「師匠、さすがにひとりじゃ危険だよ！」

飛び出して防御魔法を唱えたロルフに、ヴィクターは穏やかに言った。

「私なら大丈夫、下がっていなさい」

ネイトをはじめとするシュヴァール王国軍から飛んで来た攻撃魔法を、ヴィクターは手に纏わせた魔法で次々と弾いていく。涼しい顔のヴィクターではあったけれど、目の前で繰り広げられている激しい魔法のぶつかり合いに、アマリリスは凍りついたように息を呑んだ。

震える声で、彼を援護しようと防御魔法を唱えかけていた時、ネイトがカルラを見つめた。

「君の力を見せてやってくれ、カルラ。さっきのようにな」

「ええ、ネイト様」

シュヴァール王国軍がライズ王国への進軍を決めた場所は、アマリリスが捨て置かれた場所のすぐそばだった。ライズ王国の守備が最も手薄と思われる場所から軍を進めたものの、人間の気配に惹かれるように現れ出てきた魔物を、カルラの魔法でひと息に倒していたのだ。

彼女が聖女の杖を振ると、強力な魔物たちまでたちまちのうちに炭と化していた。ネイトは、そんな彼女の力にこの進軍の勝利を確信していたのだった。

薄く笑ったカルラが魔法を唱えて聖女の杖を掲げると、青く澄んでいた空が突然暗くなり、鋭い稲光が天を割るように走る。

「ヴィクター様！」

誰より聖女の杖の威力を知るアマリリスは血の気のない顔で彼を見つめながら、思わず必死に心の中で祈っていた。

（どうか、ヴィクター様を守り、助けてください）

彼女の周りを、輝くばかりの眩い光が舞う。その光に気付いたロルフは、アマリリスを振り返ると、ハッと釘付けになったようにその光を見つめる。ロルフの視線の先で、煌めく光はアマリリスの祈りに呼応するかのように、ヴィクターに向かって流れていき彼の身体を包み込む。

ヴィクターは水魔法から切り替えて光の防御魔法を唱えていた。自分の周囲をきらきらと舞う美しい光に気付いた彼は、身体の内側から突然温かな力が湧き上がってくるのを感じた。

（これはきっと、アマリリスを加護する精霊の力……）

ヴィクターの口元がふっと綻ぶ。彼の身体だけでなく、バルコニーに出ていたロルフとアマリリス、そして建物全体まで覆うように、防御魔法の明るい光の膜が浮かび上がる。

天から雷鳴と共に降り注いできた稲妻は、光の膜に吸い込まれるように、すうっと消えていった。

「どうして。そんなはずは……」

呆然とカルラがそう呟いた時、シュヴァール王国軍の後方から悲鳴があがった。

シュヴァール王国軍の異変に気付いたヴィクターが怪訝な顔で眉を顰める。

ネイトも苛立ったように後ろを振り返った。

「なんだ？　こんな時に」

彼の視線の先には、散り散りになる兵士たちと、目を光らせ唸り声をあげながら進んでくる魔物の大群がいる。

「いつの間に、これほどの魔物たちが……」

兵士のひとりが、ネイトに向かって叫ぶ。

「ま、魔物たちが、次から次に襲ってきます……！　さっき通りかかった、あの洞窟から溢れてきているようです」

舌打ちをしたネイトの頭に、そこで魔物に食い殺されたはずのアマリリスの顔が浮かぶ。

（くそっ。アマリリスをあの場に捨てたせいで、魔物たちが人間の味を覚えたのだろうか）

ネイトは兵士たちに向かって叫んだ。

「作戦変更だ、いったん退くぞ。……ライズ王国の奴らは、この魔物たちに食わせてやるとしよう」

そうして再びヴィクターに視線をやった彼の視界の端に、見覚えのある姿が目に入った。ネイトの目がみるみるうちに驚きに見開かれる。

「嘘だろう……」

そこにいたのは、半分盾に隠れてはいたけれど、忘れるはずもない、銀髪を靡かせた元婚約者アマリリスの姿だった。

（まさか。生きていたのか、アマリリスは）

どうやって魔物の巣窟から彼女が生きて帰ったのか、ネイトには想像がつかず、ただただ気味が悪かった。

しばし幽霊を見るような顔でアマリリスを見つめていたネイトが、カルラに視線を移す。

「戻るぞ、カルラ」

「……はい」

この時になってようやく姉の姿に気付いたのは、カルラも同様だった。

嫌な予感が湧き上がってくるのを感じながら、カルラはネイトの後を追って姉に背を向けた。

第五章　シュヴァール王国の異変

急に退いていくシュヴァール王国軍の混乱を眺めて、ヴィクターが呟く。

「……魔物の群れか」

深い洞窟の奥から出てきたと思われる、蝙蝠《こうもり》のような姿をした不気味な魔物やサラマンダー、大型のヘルハウンドなど、様々な種類の魔物が群れをなして押し寄せていた。その一部はシュヴァール王国軍に群がっているものの、ヴィクターの存在に気付いた魔物たちは、目を爛々と輝かせてアマリリスたちのいる建物に向かってくる。

建物を囲んでいた防御魔法の光は、徐々に薄くなりつつあった。迫ってくる魔物を前にして、再び手に氷を纏わせたヴィクターに、アマリリスが呼びかける。

「ヴィクター様、これを！」

彼女が投げ上げた盾を、ヴィクターが空中で受け止める。

「アマリリス、これは貴女が使った方が……」

「いいえ、どうぞヴィクター様がお使いください。私は盾を使い慣れてはおりませんから」

「ありがとう。では、お言葉に甘えます」

微笑んだヴィクターは、盾を構えてから魔物に向かって凍てつくような氷の矢を放った。建物の中からも、リドナイト製の装備を身に着けた魔術師たちが順番に走り出てくる。

杖を構えた魔術師が、ヴィクターに続いて杖に炎を纏わせた。

「ヴィクター様、こちらの守備はお任せください」

いつの間に現れたのか、地面を滑るように這ってきた素早い動きの大蛇に、彼が炎を放つ。

揺らめく炎に包まれてのたうちまわる大蛇を見下ろして、ヴィクターが頷いた。

「ええ、頼みます」

多くの魔物を前にしているけれど、慌ただしく引き上げていくシュヴァール王国軍を遠目に眺めながら、ライズ王国側の士気は上がっていた。

建物内には、リドナイトの精製や武器や防具の加工をする魔術師以外の人々も息を潜めるように待機していた。アマリリスはロルフと目を見合わせる。

「攻撃魔法は師匠たちに任せて、ここは僕たちで守りましょう」

「はい」

アマリリスは祈るような思いで、遥か上空にいるヴィクターの姿を見上げた。

（ヴィクター様、どうかご無事で）

それから、彼女はバルコニーの上から防御魔法を唱えた。建物の前面を覆うような巨大な光の壁が、彼女の呪文に応じて姿を現す。

（私の力では、建物全体を覆うほどの魔法は使えないけれど。せめて、少しでもここにいる人

たちを守れるように）

ロルフも建物の別の方向に防御魔法を張っていた。残る方角には、魔術師たちが魔物の侵入に備えて身構えている。

初めての魔物との本格的な戦いに、アマリリスは必死に全神経を集中させた。

魔物を追い払い終えて、引き上げてきた魔術師たちの顔には、明るい笑みが浮かんでいた。

「今のところは、これで魔物を追い返せたみたいだな」

「これも、ヴィクター様の見事な手腕のおかげですね」

「リドナイト製の武器と防具も、想像以上に素晴らしいな」

多少の怪我人はいるものの、リドナイト製の堅牢な防具に守られて死者や重傷者は出ていない。攻撃魔法に特化したヴィクターは、鬼のような勢いで対峙した魔物たちを薙ぎ払っていた。

怖気づいた魔物たちは、途中から散り散りに逃げ出していたのだった。

戻ってきたヴィクターを、魔術師たちが囲む。その輪をかき分けるようにして、彼はアマリリスとロルフの前にやってきた。

「ヴィクター様、お疲れ様でした」

「アマリリス、怪我は？」

彼女の服の肩口の部分が破れ、薄らと血が滲んでいるのを見て、ヴィクターが顔を強張らせる。

「私は大丈夫です」

そう答えたアマリリスだったけれど、ロルフは表情を翳らせて彼女を見つめた。

「空から舞い降りてきたガーゴイルから、咄嗟にアマリリスさんが僕を庇ってくれたんだ。その時に、ガーゴイルの爪に肩をやられて……」

「でも、すぐにロルフ君が回復魔法をかけてくれましたから」

微笑んだアマリリスを心配そうに見つめたヴィクターが、彼らのそばにいたリカルドに向かって口を開く。

「私たちはしばらく席を外しても？」

「ええ、もちろん構いません。ヴィクター様たちのおかげで助かりました」

感謝の籠もった瞳を向けられて頷いたヴィクターは、アマリリスの手を取った。

（あっ）

彼の温かく大きな手に、彼女の頬が仄かに色づく。

「念のため、傷口を確認させてください」

ヴィクターに手を引かれて、アマリリスはロルフと共に別室に移動した。

ロルフが部屋のドアを閉じてから、ヴィクターが、服が引き裂かれた彼女の肩の部分に触れる。

「すみませんが、少し見せていただいても？」

「はい。……ですが、本当に心配はいりませんから」

少しためらってから、アマリリスは編み上げになっていた服の前の部分を解いて緩めた。

はらりと露わになった彼女の肩を見て、ヴィクターの顔が微かに曇る。

「ガーゴイルにやられた傷は、ロルフの魔法でほとんど治っているようですが……」

薄く残る新しい傷痕に、彼が重ねて回復魔法をかけた。温かな力を肩に感じて、アマリリスが微笑む。

「もう痛みもないのですが、お気遣いありがとうございます、ヴィクター様」

「ですが……この傷痕は、いったいどうしたのです？」

彼の言わんとしていることに気付いて、アマリリスの顔がハッと硬直する。

ヴィクターは、彼女の背中一面に痛々しく残る、古傷の痕に気付いたのだった。アマリリスの背中に目をやったロルフの顔が、今にも泣き出しそうに歪む。

「ひどい。どうしてこんな傷痕が……」

慌てて服を引き上げたアマリリスは、青白い顔で力なく笑った。

「醜い傷痕をお目にかけてしまい、申し訳ありません」

「それは、貴女が謝ることではありません」

「……僕、そういう傷痕にも効く薬がなかったか、荷物を見てくるね」

ロルフが早足で部屋を出ていった。ヴィクターが、静かに彼女に尋ねる。

「もう一度、背中を見せていただいても？」

「……はい」

胸の前で片手で服を押さえながら、そろそろとアマリリスが背中側の服を下ろすと、ヴィクターが優しく彼女の肌の傷痕に触れた。彼の指の感触に、アマリリスの肩がぴくりと跳ねる。

ふわりと内側から満ちるような回復魔法を感じて、彼女は振り向いた。

「あの、ヴィクター様……」

「このような痕には私の魔法も効かないかもしれませんが、一応かけさせてください。……これは誰にやられたものなのですか？」

義母と妹に苛まれていた実家での暮らしを暗く思い返しながら、アマリリスはぽつりぽつりとかつての生活のことを話した。

ヴィクターは、過去に義母や妹に思い切り打たれた時のアマリリスよりも辛そうな顔で、彼女の話に耳を傾けていた。

「そんな状況の中で、貴女は耐えてきたのですね。こんなことなら……」

小声でなにかを呟いたヴィクターは、そっと労るようにアマリリスの身体を抱きしめた。

ヴィクターの腕の温かさに、アマリリスの頬に熱が集まる。

ヴィクターの腕の中から彼の顔を見上げたアマリリスは、胸の高鳴りを抑え切れずにいた。

（どうしよう。私、ヴィクター様のことが好き）

誰より温かく包み込んでくれるヴィクターの存在が、アマリリスの中ではさらに大きくなっていた。

ようやく自分の気持ちを自覚したアマリリスだったけれど、ぐっとその想いを呑み込んだ。すぐ近くで目にした、明らかにひとりだけ別格だったヴィクターの魔法を思い返して、彼と自分とのあまりにも大きな差を感じずにはいられなかったから。

（ライズ王国を背負って立つほど優れた筆頭魔術師のヴィクター様と、シュヴァール王国を偽聖女として追われた私では、決して釣り合わないことなんて、とっくにわかっているもの）

人望のあるヴィクターのもとに、たくさんの人々が集まってくる様子がアマリリスの頭に浮かぶ。これほど多くの人に慕われている彼に、自分が想いを寄せるだけでも身のほど知らずだと、アマリリスは感じていたのだった。

きっと、彼の弟子だからこそ、これほど優しく扱ってくれるのだろうと思いながら、アマリリスは切なく痛む胸をそっと押さえた。

ロルフがガチャリと部屋のドアを開ける音がして、アマリリスは慌ててヴィクターの腕の中から身体を離した。

顔を火照らせているアマリリスを見て、ロルフが首を傾げる。

「どうしたの、アマリリスさん？」

「いえ、なんでもありません」

不思議そうに目を瞬いた彼は、手にしていた小さな容器をアマリリスに差し出した。

「あのね、気休めくらいにしかならないかもしれないけど、この塗り薬を使えば、少しは傷が薄くなると思うんだ」

「ありがとう、ロルフ君。……ごめんなさい。あんなに気持ちの悪い傷痕を見せて、気を遣わせてしまって」

ロルフは怒りに燃えるような瞳で口を開いた。

「さっき師匠も言っていたけど、アマリリスさんが謝る必要なんてどこにもないよ。あんなことをアマリリスさんにする奴には、きっと相応の報いが待っていると思う。その傷痕は、全然気持ち悪くなんかないけど、かわいいアマリリスさんがあんな風に顔を曇らせたのを見て、なんだか僕の方が辛くなっちゃって」

彼の言葉に頷いたヴィクターが、塗り薬の容器を受け取ったアマリリスを見つめる。

「私に塗らせていただいても？　背中だと、自分では塗りづらいでしょう」

「でも、そんなことでヴィクター様のお手を煩わせてしまうわけにはいきませんし」

慌ててそう言ったアマリリスに、彼はふっと柔らかく笑った。

「断る理由がそれだけなら、構いませんね？」

彼はアマリリスの手の中にあった容器をするりと器用に取ると、蓋を開けて指先でクリーム状の薬を取った。

　ヴィクターの視線に、アマリリスが白旗を上げるように再び背中の傷痕をそろそろとさらすと、彼は丁寧に、傷痕に薬を塗り込んでいった。

　すうっとするようなひんやりした薬の感触と共に、彼の指先が肌に触れるたび、くすぐったいような気持ちが湧き上がり、またアマリリスの頬が色づく。

　恥ずかしそうに、彼女はヴィクターを振り向いた。

「……あの、こんなことまでしていただいて、すみません」

「言ったでしょう？　貴女は私にとって大切な存在なのですから、これくらいは甘えてください」

　彼の優しい表情に、アマリリスは戸惑いを隠せずにいた。

（いくら弟子だからといっても、どうしてヴィクター様はこんなに私に親切にしてくださるのかしら。彼の厚意を、都合よく勘違いしないようにしなくっちゃ）

　しばらくして、ヴィクターが塗り薬の容器の蓋を閉めながら言った。

「今日のところは、これでお終いです」

「ありがとうございました、ヴィクター様」

　真っ赤になったアマリリスを見て、ヴィクターがくすりと笑みを溢す。

「薬を塗るために手助けが必要な時は、いつでも言ってください」

「また、師匠ってば。……僕も、よかったら手を貸すから、遠慮はしないでね」

「ふふ、ふたりとも優しいですね。ありがとうございます」

あんなひどい傷痕を見られたら、気味悪がられるのではないかと想像していたアマリリスだったけれど、彼らの思いやりのある対応に胸が温まり、張り詰めていたなにかが緩んだような気がした。

目に滲んだ涙を急いで拭ってから、アマリリスは話題を変える。

「先ほどのヴィクター様のご活躍、本当に素晴らしかったです」

ヴィクターの底知れない力を間近で目にして、アマリリスは師の魔法に心から感動していた。

「ね。師匠、とってもカッコよかったよ！」

ロルフがにっこりと笑う。ヴィクターは温かな笑みを浮かべた。

「私は、ふたりの防御魔法を見て、成長を感じて嬉しくなりました」

「……！　気付いていてくださっていたのですね」

顔を見合わせたふたりに、ヴィクターは頷いた。

「ええ。ふたりとも立派な働きで、皆を守っていましたね。そして、アマリリス。貴女が魔法を込めた盾も、素晴らしい防御力でしたよ」

「本当ですか⁉」

顔を輝かせたアマリリスを、彼が嬉しそうに見つめる。

「もちろん、お世辞などではありません。それに、貴女のおかげで私はあのような魔法を使えたのですよ」

自分とロルフが後方を守っていたから、安心して敵軍に攻め込んでいけたという意味なのだろうかと思いながら、彼女は首を横に振る。

「あの目の覚めるような魔法は、ヴィクター様のお力があればこそです。あれほどの威力の魔法を、私はこれまで見たことがありません」

ヴィクターは思案げに少し口を噤むと、ロルフと目を見交わした。

「貴女は、魔法を使っている時に、なにか気付いたことはありませんか？」

「そう言えば……」

アマリリスは、気のせいかもしれないと思いながらも、それまで不思議に思っていたことを口に出した。

「さっき、魔法を唱える時に、光のようなものが私の周りに見えたような気がしたのです。単なる私の見間違いかもしれませんが」

彼女の言葉に、ヴィクターとロルフは明るく笑う。

「アマリリスさんにも、見えるようになったんだね！」

「えっ？」

ロルフの言葉の意味を呑み込めずにいたアマリリスを、ヴィクターが見つめる。

「それは、貴女に加護を与えている精霊の輝きですよ」

「精霊の、輝き……？」

「そうだよ！　アマリリスさんのそばには、優しい精霊がいるんだ。そして、アマリリスさんの求めに応じて、力を貸してくれているんだよ」

ロルフは、アマリリスの背後にいる精霊を眩しそうに見つめた。

「エルフの言い伝えで、精霊の存在は、本人がその輝きに気付くまでは伝えてはいけないっていう不文律があって、これまでは黙っていたんだ。でも、アマリリスさんにも見えたっていうことは、精霊との絆が強まっている証拠だよ」

戸惑っているアマリリスに、ヴィクターが温かく笑いかける。

「エルフの血が混じっていなくても精霊の存在を感じることができるのは、精霊の加護を受けている者のみです。精霊に愛されている貴女は、本物の聖女に違いありません。アマリリスはこのライズ王国に光を与えてくれると、そう信じています」

「僕もそう思うよ」

勢いよくロルフも頷く。アマリリスは、ふたりを見つめてゆっくりと口を開いた。

「私自身には、まだわからないことも多いのですが。こうしてヴィクター様とロルフ君に出会えた奇跡は、確かに精霊様の加護のなせる技なのかもしれませんね」

目には見えない、自分を見守っていてくれる存在が確かに近くにいるように感じながら、アマリリスは感慨深げにふたりに笑みを返した。

＊＊＊

一方、シュヴァール王国の王宮に戻ってひと息ついたネイトのもとを、表情を硬くしたラッセルが訪れていた。

もともとは、その誠実さゆえにネイトの信頼を得ていたラッセルだったけれど、彼がライズ王国への進軍を渋ったことから王国魔術師団の参謀の地位を外されて、隣国への侵攻軍には参加することなく、国内の警備に回っていたのだ。

「ネイト王太子殿下、ご報告がございます」

「なんだ」

かなりの軍勢を動かした割には狙い通りの成果が出せず、疲労感を滲ませていたネイトに、ラッセルは続ける。

「シュヴァール王国のあちこちで、魔物が出没したとの報告が入ってきています」

「……なんだと？」

ネイトの顔が歪む。

「これまで、国内ではほとんど魔物の目撃情報すらなかっただろう。なにかの間違いではないのか？」

「恐れながら、これは確かな情報です」

表情を翳らせたラッセルが、ネイトを見つめる。

「幸い、ネイト王太子殿下の軍勢はほとんど怪我を負った兵もなく隣国から戻られました。今の状況では、まずその軍勢を国内の魔物討伐に回すことが先決かと」

「それはできない」

苦々しい表情ながらも、そうきっぱりと言い切ったネイトに、ラッセルは困惑して尋ねた。

「恐縮ですが、理由をお聞かせ願えますか」

ネイトが苛立ったように口を開く。

「ライズ王国ではもう、あの稀少鉱物リドナイトの武器防具への加工を急ぎ進めている。ライズ王国の抵抗力が強まってしまう前に、少しでも早く攻め落としたい」

彼の頭には、喉から手が出るほど手に入れたいリドナイト製の武器や防具を身に着け、遥かに規模の大きな軍勢に立ち向かってきたライズ王国の魔術師たちの姿が浮かんでいた。

ネイトは、いったん兵を退かせてはいたものの、体勢を立て直したらすぐにまたライズ王国に攻め入るつもりでいたのだ。

（まあ、あの隣国の精製所だって、あれだけの魔物に襲われれば被害は免れまい）

そこまで考えて、彼はふと背筋が冷えるのを感じた。ラッセルの報告を聞く前に、凶暴な魔物の出現を自ら目にしていたことを改めて思い出したからだ。

（あの時は、たまたまあの場所だけ魔物が出たのだろうと思ったが。……国内の他の場所でも、同様のことが起こり始めているのか？）

急に厳しい表情になったネイトは、舌打ちをすると独りごちた。

「どうなっているんだ。魔物が出始めた上に、アマリリスまで生き延びていたなんて」

国王の言っていた『聖女の力が必要となる時に、聖女が国に遣わされる』という言葉が、彼の脳裏に蘇る。

焦るネイトの内心には気付かず、ラッセルが瞳を輝かせる。

「アマリリス様は、生きていらっしゃるのですね!?」

ネイトの言葉に思わず安堵の表情を浮かべたラッセルを、彼は不機嫌そうに睨みつけた。

「そんなことは、もうお前には関係ない話だ。国内の魔物対策にすぐにはあまり兵を割けないが、ライズ王国を攻め落とすまでの辛抱だ。しばらく持ち堪えろ。……もう退がれ」

取りつく島のない様子のネイトが立ち去っていく後ろ姿を見ながら、ラッセルは深い溜息をついた。

（王太子殿下は、事の重大さをわかっていらっしゃらない）

実際に救援の要請を受けて魔物と対峙したばかりだったラッセルは、目を血走らせた凶暴な魔物たちに不穏な空気を感じずにはいられなかったのだ。

表情を翳らせたまま、ラッセルは踵を返した。

その頃、聖女の杖を手に王宮に戻っていたカルラも、ネイトから与えられた王宮内の自室で、落ち着かない気持ちを持て余していた。

（この杖、いったいどうなっているの？）

手にした杖を眺めながら、カルラは苛立っていた。

「……はじめのうちは、この杖を振るだけで驚くほど簡単に強い魔法が使えたのに」

聖女の杖を振れば振るほど手応えがなくなり、ほんの少しずつ杖の反応が悪くなっていくようにカルラには感じられていた。

それでも、ライズ王国の魔術師に対して稲妻を閃かせるまでは、まだ杖は十分に力を発揮していた。ところが、彼の防御魔法に弾かれた時を境に、杖はぴたりと息を潜めてしまったようだ。

ライズ王国に進軍後、国に戻る道の途中で魔物を何匹か撃退したカルラだったけれど、それは彼女自身の魔法の力によるものだった。突然杖が反応を示さなくなったことに、彼女は焦りを隠せずにいた。

試しに、カルラはその場で聖女の杖を手に防御魔法を唱えてみたものの、やはり杖は力を放つことなく、防御魔法が容易に発動されることも、強化されることもなければ、ただ通常の魔力の消耗を感じるだけに終わっていた。

「なんなのよ」

カルラは憮然とした表情で、聖女の杖をソファーの上に放り投げる。

（まあ、私が聖女だという証だし、あの杖はこれからも持ち歩く必要があるけれど）

転がった杖の繊細に模られた竜の頭の部分を、彼女はつまらなそうに眺めた。

（せっかく精巧な作りなのに、力がなければ台無しね。それに……）

アマリリスが生きていたことがカルラには信じられなかった。

（お姉様は、追放した馬車に乗っていた兵士を買収でもしたのかしら？　最後まで見届けていればよかったわ）

しかも、姉が隣国最強と謳われる魔術師と懇意にしている様子が、彼女にとってはおもしろくなかった。

「見ていらっしゃい、お姉様。今度こそ、ライズ王国軍を徹底的に叩きのめしてあげるわ」

ライズ王国とシュヴァール王国では、国の規模がまったく異なる。シュヴァール王国軍の軍勢がライズ王国の軍勢を遥かに上回ることは明らかだ。

悔しげにそう呟いてから、カルラは疲労の滲む身体を柔らかなベッドに横たえ、目を閉じた。

＊＊＊

シュヴァール王国軍の急襲と、魔物の襲撃を退けた日から一週間が経っていた。リカルドは、魔法を込め終えたリドナイト製の武器と防具を前にして、笑みを浮かべながらヴィクター、アマリリスとロルフを感謝を込めて見つめた。

「ありがとうございます。今のところできあがっているリドナイト製の武器防具の大半には、これで魔法を込めることができました。このように円滑に進んだのも、ヴィクター様たちのご尽力のおかげです」

ヴィクターもリカルドに笑みを返す。

「それはよかったです。今できることには、手を尽くせたようですね」

アマリリスとロルフも、達成感のある笑みを浮かべていた。リカルドがアマリリスに呼びかける。

「アマリリス様」

「はい」

「真摯に防具に魔法を込めてくださって、本当にありがとうございました。何度か防具のテストもいたしましたが、アマリリス様が魔法を込めてくださったものは、驚くほど防御力が上がっていたのです」

アマリリスが安堵したように微笑む。

「少しでもお役に立てたなら、よかったです」

「それに、ロルフ君。魔法に加えて、君が持参してくれた魔力回復薬も大活躍でしたね」

リカルドに褒められて、ロルフの頬が照れたように染まった。

「へへ。薬も持ってきた甲斐があったよ」

三人に向かって、リカルドが尋ねる。

「お礼にリドナイト製の武器や防具を差し上げたいのですが、どれがいいでしょうか？」

顔を見合わせた三人だったけれど、ヴィクターは首を横に振ると、弟子たちの意見を代表して答えた。

「まだそれほど数があるわけではないのですから、どうぞ皆様で、必要とされる時に使ってください」

リカルドは申し訳なさそうに眉尻を下げる。

「では、せめて……」

彼はポケットからペンダント状のものを三つ取り出すと、ヴィクターに手渡した。黒い光沢のあるペンダントヘッドには、半透明の赤い石が埋め込まれている。

「リドナイト製のペンダントに、幸運を呼ぶと言われている、魔法を込められる宝石を嵌めたものです。試しに作ったばかりのもので、気休め程度にしかならないかもしれませんが、よかったらどうぞお持ちください」

「では、ありがたくいただきます」

ヴィクターは微笑むと、リカルドからそのペンダントを受け取った。

さらに、帰る準備をしていたアマリリスのもとに、まだ言葉を交わしたことのなかったひとりの青年がやってきた。それは、彼女がシュヴァール王国から来たと聞いて、彼女に冷たい瞳を向けていたうちのひとりだった。

「アマリリス様」

突然彼に話しかけられて、アマリリスが戸惑いながら彼を見上げる。

「はい、なんでしょうか？」

彼は決まり悪そうに頭をかきながら言った。

「俺、シュヴァール王国軍の奇襲があった時、アマリリス様が魔法を込めた鎧を使ったんです。魔物と対峙した時にも、深手を負ったかと思ったのに、鎧のおかげで傷ひとつ負いませんでした。……貴女のことを疑ってしまって、すみませんでした」

アマリリスは微笑むと、彼を見つめた。

「ご無事でなによりでした。わざわざ私のところまで来てくださって、ありがとうございます」

「いや。お礼が言いたかったのと、ひと言謝りたくて」

その様子を見ていたヴィクターも、温かな微笑みを浮かべてアマリリスの肩にぽんと手を置く。

「貴女の誠実な仕事ぶりは、見ている人はちゃんと見ていますから。よかったですね」

「はい！」

来たばかりの時に感じていた冷ややかな空気は、皆と同じ場で作業を進めていく中で、いつの間にか消え去っていた。

自分を受け入れてもらえたようで胸が温まるのを感じながら、アマリリスは皆に見送られてヴィクターとロルフと一緒に馬車に乗り込んだ。

帰りの馬車の中、ヴィクターはリカルドから受け取った三つのペンダントを掌の上に取り出した。

「このペンダントには、まだ魔法が込められてはいないようですね」

アマリリスも、ペンダントを見つめて頷く。

「そうですね。リカルド様も、作ったばかりだとおっしゃっていましたしね」

「では……」

ヴィクターが小声で魔法を唱えると、彼の掌から放たれた眩い光がペンダントに吸い込まれていく。

彼はロルフとアマリリスの首にそれぞれペンダントをかけると、最後のひとつを自分の首にかけた。

「今、ペンダントに防御魔法をかけました。まあ、リカルド様も言っていたように、防具に比べたら気休めかもしれませんが」

ロルフが目を輝かせてペンダントを持ち上げる。

「ありがとう、師匠！　わーい、三人でお揃いだね」

ペンダントを掌に包むように持ったアマリリスも、にこやかに笑う。

「ふふ、そうですね。大切に身に着けます」

尊敬する大好きな師が魔法を込めてくれた揃いのペンダントは、アマリリスにとって、効果の如何以上に嬉しく心強いものだった。

弟子たちの笑顔にヴィクターも目を細める。和やかに談笑する三人を乗せて、馬車は帰路を進んでいった。

＊＊＊

ネイトはカルラのもとを訪れていた。

「カルラ。この前の侵攻は偵察を兼ねたものだったが、今度こそライズ王国を攻め落とすぞ。できる限りの兵力を使って、一気に叩く」

「ええ。賛成ですわ、ネイト様」

まだ疲労の残る中、カルラは無理に笑ってみせる。ネイトも同様に抜けない疲れを感じてはいたけれど、早々に勝負をつけたいと気持ちが急いていた。

「いったん我が軍が退いたことで、ライズ王国にも油断が生じているはずだ。魔物の被害があって消耗しているところを潰しに行く」

「承知しました」

ネイトは、どこか探るようにカルラを見つめた。

「君の魔法だが、この前のあの魔術師相手には効かなかったようだったな。聖女の杖のある君でも、そういうことがあるのか？」

忌々しい思いを抱えて、カルラが答える。

「きっと、魔法の相性がよくなかっただけですわ。使う魔法の種類を変えれば、また結果は違うと思います」

「そうか」

表情を緩めたネイトは、カルラの身体を抱き寄せた。

「頼むぞ、カルラ。次の戦で決める」

「はい。わかっておりますわ」

背中に嫌な汗が滲むのを隠して、カルラはネイトの腕の中でぎこちなく笑った。

第六章　戻ってきた杖

リドナイト製の防具に魔法を込める手伝いを終えて屋敷に戻った翌日、ルキウスは、アマリリスとヴィクター、ロルフを王宮に招いた。

三人に向かって、ルキウスが満足げな笑顔を向ける。

「皆、ありがとう。リカルドから君たちの働きぶりは聞いている。素晴らしい成果を上げてくれたそうだな」

「そう言っていただけると光栄です、王太子殿下」

ヴィクターが軽く頭を下げる。

「それに、攻めてきたシュヴァール王国の軍勢も、無事追い返したと報告を受けている。ネイト王太子自ら陣頭指揮を取っていたそうだが……」

「そうですね。ただ、我々が追い返したというよりは、たまたま襲ってきた魔物たちに足元を掬われた感じでした。敵方もほぼ被害なく退いたので、さほど時間を置かずにまたやってくる可能性もあります」

そうヴィクターが答えたちょうどその時、慌てた様子でひとりの兵士がルキウスの前に駆けてきた。

「敵軍です！　王太子殿下、敵軍が国境を越えて我が国に侵入したと報告がありました」

ルキウスの顔が緊張気味に顰められる。

「我が軍の状況は？」

「国境付近で警備に当たっていた兵士たちが応戦していますが、劣勢です。その近辺で控えていた兵士たちも援軍に向かっていますが、まだまだ数が足りません」

状況に耳を傾けていたヴィクターが、厳しい表情で口を開く。

「すぐに私も向かいます」

「ああ、頼む。俺もすぐに軍を率いて合流する。場所は？」

ルキウスが兵士に尋ねる。

「はっ。報告によれば、国境を走る山脈を迂回したところで……」

兵士の説明を聞いていたヴィクターが、身体にすぐさま風を纏わせた。

「わかりました。ロルフ、アマリリス、あなたたちは屋敷で待機して、殿下の指揮に従ってください」

「待ってください！」

アマリリスがヴィクターを見つめる。

「私もヴィクター様と一緒に行きます」

「僕も！」

「……ふたりを戦の渦中に連れていくのは、正直なところ、気が進まないのですがね」

苦笑したヴィクターの前で、アマリリスとロルフも風魔法を唱え、身体に風を纏わせる。

「ヴィクター様がなんとおっしゃっても、私もまいります」

「僕だって。師匠の弟子だからね」

小さく息を吐いてから、ヴィクターは再び口を開いた。

「わかりました。でも、あなたたちは風魔法による浮遊はそれほど得意ではないでしょう」

彼が魔法を唱えると、アマリリスとロルフの身体をふわりと風が包み込む。

「行きますよ。ただし、私が戦況が厳しいと判断したら、すぐに退避してください」

頷いたふたりと一緒に浮かび上がったヴィクターは、ルキウスを振り返った。

「王太子殿下、ではお先に」

「ああ」

広い窓の隙間から、ヴィクターはアマリリスとロルフと共に、空に向かって高く飛び上がっていった。


ヴィクターの風魔法で、風を切って空中を移動していたアマリリスは、身体を硬くしながらも、そばにいるはずの精霊に心の中で祈っていた。

（ヴィクター様とロルフ君を、どうかお守りください。……いずれの国の民の血もできる限り

流すことなく、戦を止められないものでしょうか）

飛翔しながら、ヴィクターがアマリリスに向かって口を開く。

「今回も、ネイト王太子が前線に出ているのだとすれば。敵軍の鍵となるのは、彼と、そしておそらく貴女の妹でしょう」

「はい」

重い気持ちを抱えながら、アマリリスは頷いた。

しばらくして、三人の目に魔法がぶつかり合う眩い光が映った。山脈の裾野を真っ黒に埋め尽くすほどのシュヴァール王国軍の軍勢に、アマリリスは身体中から血の気が引くのを感じる。

（これでは、多勢に無勢だわ）

明らかに一方的に押されているライズ王国軍を見て、彼女の顔が青ざめる。ヴィクターも、目の前の戦況を険しい顔で見つめると、両軍が激突しているよりも手前でふたりを下ろした。

「ヴィクター様？」

「師匠、どうしてこの場所に……」

戸惑いながら師を見つめたアマリリスとロルフに、彼は微笑みかけた。

「あなたたちの得意な防御魔法なら、この位置からでも可能でしょう」

「ですが……！」

言い募るアマリリスを、ヴィクターはジッと見つめた。

「ライズ王国軍の鍵となるのは、アマリリス、きっと貴女だと思います」

「私が？」

戸惑うアマリリスに、ロルフも横から口を開く。

「僕もそう思う。精霊の加護があるアマリリスさんなら、この戦況をどうにかできるかもしれない」

「無理は禁物ですが、頼みます。でも、くれぐれも身の安全を優先してください」

「……わかりました。けれど、ヴィクター様こそ、どうかお気を付けて」

ヴィクターはあえて明るく笑ってみせると、風を纏って浮かび上がり、両軍がぶつかっている場所へと目にも止まらぬ速さで向かっていった。

アマリリスは祈るような気持ちで胸元のロケットとペンダントに触れ、力を貸してくれるよう精霊に願いながら、意識を集中させて防御魔法を唱えた。

温かな光が、ライズ王国軍の前線へと伸びる。そして、ヴィクターを含めたライズ王国の兵士たちを包み込んだ。

その様子を見ていたロルフは、防御魔法を放ちながらも、眩い光を放った精霊に思わず見惚れていた。

「……すごいよ、アマリリスさん」

ロルフの呟きすら聞こえないほど集中していたアマリリスの視線の先には、ヴィクターの姿があった。遠く見える彼の背中を見失わないようにと、アマリリスは必死に目で追う。

ヴィクターの前で、明るい光が爆ぜる。第一線にいるライズ王国軍の兵士たちが、シュヴァール王国軍に押されていたところに彼が加勢し、態勢を崩しかけていた彼らを庇い、刃を向けていた敵兵たちを魔法で軽々と弾き飛ばしたのだ。

ヴィクターの登場に、ライズ王国軍の兵士たちから大きな歓声があがる。彼ひとりの加勢で風向きが変わったことを、アマリリスははっきりと感じた。

(やっぱり、ライズ王国軍の鍵になるのは私などではなくてヴィクター様だわ)

一方、シュヴァール王国軍のネイトは、最前線に飛び込んできたヴィクターを睨みつけていた。

多勢の兵士を擁してはいたものの、シュヴァール王国軍の中には、兵役に積極的ではない、無理矢理に動員された貧しい民たちも一定数混じっている。粗末な装備で戦に参加した彼らにネイトは一抹の不安があった。

(彼らを動揺させることなく、ひと息に敵軍を攻め落とさなくては。内側から崩れるようなことがあってはまずい)

ネイトは、兵の数が少ない割にはしぶとく耐えている、黒光りする武器と防具を身につけたライズ王国軍に向かって攻撃魔法を放つと、同じく攻撃魔法を敵軍に向けていたカルラに馬上から叫んだ。

「カルラ！　今度こそ、あの魔術師を狙え」

ヴィクターの登場と、どこからかライズ王国の兵士たちを包み込むようにかけられた防御魔法に、にわかに敵軍の士気が上がったことに彼は焦っていた。

カルラは、聖女の杖が威力を失くした分強力な魔法を使い続けていたため、身体に堪えていた。疲労の滲む身体に鞭打つようにしながら、苦々しい思いをこらえて頷く。

「はい、ネイト様」

余裕がなくなってきた中で、カルラは聖女の杖を振りながら光の攻撃魔法を唱えたけれど、それはいとも簡単にヴィクターに弾き返された。

「カルラ、どうした⁉」

苛立つネイトの声に耐えきれなくなったカルラが、怒りに身を任せて聖女の杖を地面に叩きつける。

「この杖、効果が切れたようですわ。もう使い物になりません」

「は？　そんなことが……」

慌てたネイトの視線の先で、地面に転がった聖女の杖が淡い光を帯びる。なぜか感じた不穏な気配にネイトの背筋は粟立った。

「カルラ。とにかく、その杖をすぐに拾え！」

渋々杖に手を伸ばしかけたカルラの前で、杖が奇妙な動きをした。竜の頭部に嵌め込まれている赤い瞳が輝き、杖から生えている翼がゆっくりとはためく。

「きゃあっ⁉」

気味の悪さに後退ったカルラの前で、それまで聖女の杖だったものは、まるで命を得たかのように、杖から小ぶりな一頭の美しい銀色の竜へと次第にその姿を変えていった。

恐怖に息を呑んでいた彼女と、驚きに目を瞠る両軍の兵士たちを尻目に竜は翼を羽ばたかせると、ライズ王国軍の後方に向かって滑るように飛んでいく。

「……なにが起きているんだ？」

呆然と竜の向かう先を眺めていたネイトの瞳に、遠く、銀髪の若い女性の姿が映った。


（まさか、あれは……）

信じられないような気持ちで近付いてくる銀色の竜を見つめていたのは、アマリリスも同じだった。

けれど、ネイトとカルラと違ったのは、自分に向かってくる竜が確かに味方だと、そう感じられたことだった。

赤い瞳で、なにかを訴えかけるようにアマリリスをジッと見つめた銀色の竜が、再び淡い光を帯びる。

気付けば、アマリリスの手の中で竜は杖の姿へと戻っていた。

その様子を見ていたロルフが、アマリリスの手にした聖女の杖を眩しそうに見つめる。

「その杖、アマリリスさんのところに、自分から戻ってきたんだね」

アマリリスの背後では、精霊がさらに明るい光を放ちながら杖を眺めて微笑んでいる。

聖女の杖が竜に姿を変えて羽ばたいていき、アマリリスのもとに舞い降りた様子を目にしたのは、シュヴァール王国軍の兵士たちも同様だった。

アマリリスの姿を認めたシュヴァール王国軍の兵士たちから、大きなどよめきが起こる。悲鳴にも似た叫びが兵士たちから上がっていた。

「あれこそ聖女様だ――アマリリス様だ！」

「どうして、ライズ王国軍にアマリリス様が？」

アマリリスはすぐに、手にした聖女の杖を振りながら回復魔法を唱えた。眩いばかりの白い光がライズ王国軍の兵士たちを包み込むと、みるみるうちに彼らの傷を回復させていく。

歓喜の声があがるライズ王国軍とは対照的に、シュヴァール王国軍には衝撃と動揺が走っていた。

「本物の聖女様は、アマリリス様だったんだ！」

「我が国の聖女を、敵軍に渡すなんて……」

「カルラ様は……偽聖女だ‼」

兵士たちからの凍りつくような視線と非難の声に、カルラの顔は真っ青になっていた。

混乱に満ちたシュヴァール王国軍に顔を歪めたネイトの声が響く。

「落ち着け！　我らの軍が優勢なことに変わりはない」

軍勢の規模を比べれば、シュヴァール王国軍が遥かにライズ王国軍を凌いでいる。

けれど、兵士たちの士気はすっかり削がれ、ネイトにも疑惑の視線が向けられていた。

（王太子殿下が、アマリリス様を追放さえしていなければ）

兵士たちは口にこそ出してはいなかったけれど、ネイトには彼らの心の声が聞こえてくるようだった。

ヴィクターも、空の上から聖女の杖を手にしたアマリリスを見つめている。

アマリリスは、ざわつくシュヴァール王国軍を前に、師の言葉を思い出していた。

（シュヴァール王国軍の鍵はネイト様とカルラだと、そうヴィクター様はおっしゃっていたわ）

彼女は聖女の杖を握り直してネイトとカルラを見つめると、シュヴァール王国軍に向かって足を進めながら神経を集中させて魔法を唱え、杖を振った。アマリリスの呪文に呼応するように、聖女の杖が輝く。

両軍を覆う空が急に暗くなり、何本もの稲光が走ったかと思うと、ネイトの前に、地面を揺らすような音と共に稲妻が轟いた。カルラが以前、ヴィクターに向かって放ったものとは比べものにならないような威力の稲妻に、ネイトがまたがる馬が驚きに嘶いて後足で立ち上がり、馬上から彼が転がり落ちる。

その直後、カルラの前にも同様の稲妻が走った。

「きゃああっ!」

彼女は混乱のあまり、叫び声をあげながら髪を振り乱す。

アマリリスは威嚇のために、ネイトとカルラを目がけて、けれど彼らへの直撃は避けるように絶妙な塩梅で攻撃魔法を放ったのだった。

「うわあっ!?」

「逃げろ……!」

自在に聖女の杖を操るアマリリスの姿に恐れをなして、ひとり、またひとりと、シュヴァール王国軍の兵士たちがライズ王国軍に背を向けて逃げ出し始める。内側から崩壊していく軍を、ネイトは止めることができなかった。

アマリリスが必死に声をあげる。

「シュヴァール王国軍の兵士たちは、もう戦意を喪失しています。どうか彼らの命を奪わないでください!」

ヴィクターも、ライズ王国軍に向かって叫ぶ。

「これ以上戦っても無意味です。引き揚げましょう」

我先にと、ライズ王国軍に背を向けて逃げ出していくシュヴァール王国軍を見つめるアマリリスのもとにヴィクターが舞い降りる。

「アマリリス、貴女のおかげで助かりました」

そのひと言で、アマリリスは十分だった。彼女は安堵の表情を浮かべると、ヴィクターを見つめて微笑む。ようやく、アマリリスは身体から緊張が解けていくのを感じた。

そんな彼女を遠目に眺めていたネイトが、思わず唇を噛む。

（……なんだ。あんな顔で笑えるんじゃないか）

氷の聖女と呼ばれていたかつてのアマリリスとは対照的に、ヴィクターに向けられた彼女の笑みは、まるで天使のように見える。

総崩れになった軍と先に逃げ出していたカルラの後を追うようにして、側仕えの兵に手を引かれて立ち上がったネイトも、悔しげにライズ王国軍に背を向けた。

＊＊＊

失意と焦りを胸に帰国したネイトのもとに、厳しい表情をしたラッセルがやってきた。

「ネイト王太子殿下」

「……悪いが、後にしてくれないか」

ラッセルが、疲れた表情のネイトに食い下がる。

「ご帰還したばかりのところ恐れ入りますが、予断を許さない状況なのです」

「なにがだ」

片眉を上げたネイトに、ラッセルが続ける。

「魔物の被害の発生状況です。相次いで、国内に魔物が出ています。国外の侵攻よりも先に、魔物対策に兵を割くべきかと」

「なんだって……？」

ラッセルが被害状況の詳細をまとめた資料をネイトに手渡すと、彼はざっと目を通してから、資料をぐしゃりと握り潰した。

「いったい、どうなっているんだ」

ネイトが頭を抱える。ラッセルは、少しためらってから彼に尋ねた。

「……アマリリス様のもとに聖女の杖が戻ったというのは、本当なのですか？」

「そうだ」

ぶっきらぼうに答えたネイトを、ラッセルは真剣な瞳で見つめた。

「国内はその噂で持ちきりです。シュヴァール王国は、聖女をみすみす敵国に手放したのだと。早急にライズ王国と和睦を結び、国民の安全確保に努めるのが賢明でしょう」

（くそっ）

ぎりりとネイトが奥歯を噛みしめる。偽聖女だと非難が集まったカルラは、別室に監視をつけて閉じ込めている。

カルラからは、ネイトに会いたいと言伝があったけれど、ライズ王国との戦でのカルラの姿に、ネイトは彼女に対する気持ちが急速に色褪せていくのを感じていた。

（アマリリスさえ、俺のもとに取り戻すことができたなら）

自らの婚約者だった時には、ほとんど目を向けようともしなかったアマリリスだったけれど、彼女の力と、そして初めて見た彼女の笑顔を前にして、ネイトの心は揺れていたのだ。

さらに、アマリリスがあえて攻撃魔法をネイトに命中させなかったことにも彼は気付いていた。

（敵である俺さえ傷つけられないアマリリスの優しさは、弱点でもあるからな）

ネイトがラッセルを見つめる。

「ラッセル、君に頼みたいことがある」

そう言ったネイトの口角は、薄らと上がっていた。

＊＊＊

シュヴァール王国軍が退くのを見届けた後、ヴィクター、アマリリスとロルフは、いったんヴィクターの風魔法で屋敷へと戻っていた。

弟子たちを労るように、ヴィクターが穏やかに微笑む。

「アマリリスもロルフも、お疲れ様でした」

「師匠もお疲れ様！　アマリリスさん、大活躍だったね」

アマリリスは、手の中にある竜を模った杖に目を落とす。

「私というよりは、この杖の力のおかげでしたが」

彼女のもとに羽ばたいてきたことが嘘のように、今では動く様子のない杖を、彼女は不思議そうに見つめた。

ただ、手にしっくりと馴染むような懐かしい感触を、アマリリスはその杖に感じていた。

「どんな理由があったとしても、貴女がいなければ、あの場を凌ぐことが難しかったのは確かです」

ヴィクターの言葉に、ロルフも頷く。

「すごい威力だったね。神秘的な杖だよね」

アマリリスのそばに佇む精霊の光を感じながら、ロルフも杖を見つめた。アマリリスが彼に尋ねる。

「精霊の加護とこの杖との間には、なにか関係があるのでしょうか。ロルフ君、なにかわかりますか？」

「うーん、僕も詳しくはわからないけれど。でも、この杖に精霊の力が満ちているのは感じるよ。多分、この杖は、精霊がアマリリスさんに力を貸しやすいように、触媒みたいな働きをするんじゃないかな」

ヴィクターも、興味深そうに聖女の杖を見つめる。

「ロルフの言う通りなのかもしれませんね。少し貸していただいても？」

「はい」

アマリリスがヴィクターに杖を手渡すと、彼は手の中の杖の感触を確認する。

「おそらくですが、この杖は、正しい持ち主――つまり精霊の加護を受けた者が使う限りは、精霊の力が自然に補填されるのでしょう。けれど、そうでなければ、そのうちに満たされていた力を使い切ってしまうのではないでしょうか。貴女の妹がこの杖を使っていた時も、途中から明らかに様子がおかしかったですから」

なんの効力も生じない空っぽの杖に苛立っていたカルラの姿を、ヴィクターは思い出したのだ。

ロルフもヴィクターから杖を借りると、しげしげと改めて見つめた。

「力が切れたことで、異変に気付いた杖がそのうちに目を覚ましたのかな？　……とにかく、この杖がちゃんとアマリリスだと、アマリリスさんを持ち主だと認識したことは確かだね」

「真の聖女がアマリリスだと、これでシュヴァール王国の面々も理解したことでしょう。これで濡れ衣も晴れましたね。あのアマリリスの力を目にして、策もなくすぐに我が国に攻め入ってくるようなことは、考えにくいと思います」

ホッと表情を緩めたアマリリスは、ロルフから杖を受け取ると、ヴィクターに向かって微笑んだ。

「ヴィクター様。ライズ王国の兵士たちに、シュヴァール王国軍を追わないようにと言ってくださって、ありがとうございました。シュヴァール王国軍の規模は大きかったですが、急ごしらえの兵士も少なからず交じっていたようでしたから」

ごく簡単な装備の兵士をちらほらと見かけたアマリリスは、彼らが戦に無理矢理駆り出されたことがわかり、胸の痛みを覚えていたのだった。

「上からの命とあらば、特に弱い立場の民には、断る選択肢すらありません。そんな兵士たちの命を奪わずに逃してくださって、感謝しています」

「民の血を流したくはないという貴女の気持ちは、私にもよくわかりますから」

ヴィクターは、アマリリスの頭をぽんと撫でた。ほんのりと彼女の頬が染まる。

「ふたりとも、疲れが出ていることでしょう。しばらくは稽古も休みにしますから、ゆっくり疲れを取ってください」

愛弟子のふたりを見つめて、ヴィクターは優しい笑みを浮かべた。


その日の晩、アマリリスはひとりでふらりと屋敷の庭に出ていた。涼やかな風が頬を撫でていくのを感じながら、明るい月を見上げる。

（シュヴァール王国軍は、いつかまた攻め込んでくるのかしら。ネイト様が、このまま私を放っておいてくださるとも思えないけれど……）

戦が思わぬ形で終結して安堵していた半面、聖女の杖が反応したというだけで、あっという間に自分を聖女に祀り上げたシュヴァール王国でのかつての日々が、彼女の頭をよぎっていく。

どことなく落ち着かない気持ちを紛らわせるように、月明かりに照らされた庭を歩いていたアマリリスに、後ろから声がかかった。

「どうしたのですか、アマリリス？」

「ヴィクター様」

振り向いたアマリリスの目に、屋敷から出てきたヴィクターの姿が映る。月の光に照らされた彼の姿は幻想的で美しく、彼女は思わず息を呑む。近付いてきた彼に、アマリリスはハッと我に返ると微笑んだ。

「なんだか眠れなくて、庭を散歩していたのです」

「そうでしたか」

背の高いヴィクターが隣に並ぶ。

「夜風が気持ちいいですね」

「ふふ。そうですね、ヴィクター様」

静かな庭で、アマリリスは自然と胸が高鳴るのを感じながらヴィクターを見上げた。

尊敬以上の想いを抱いている師に対して普段は聞けずにいたことが、薄闇に包まれてふたりきりの今、なぜか口から溢れる。

「ヴィクター様、ひとつ伺ってもいいですか？」

「ええ、なんでしょうか」

並んでゆっくりと歩きながら、アマリリスは彼の澄んだ青緑色の瞳を見つめた。

「どうして、私の弟子入りを認めてくださったのですか？」

今更の質問ではあったけれど、それは彼女の心にずっと引っかかっていたことでもあった。

「……私に精霊の加護があると、ヴィクター様も気付いていらしたからなのでしょうか」

少し寂しげに、アマリリスは俯いた。精霊の存在をロルフから聞いた時は、彼女はただ驚くばかりだったし、そのおかげでヴィクターへの弟子入りが認められたとしたなら、その幸運を喜ぶべきだとわかっている。

けれど、加護があることだけを理由に自分が選ばれたとしたなら、どこか寂しいような気もしていた。

ヴィクターがアマリリスを穏やかに見つめ返す。

「私には、ロルフほどはっきりとは精霊は見えません。時々、光が舞うのを感じるくらいです。私にも、祖先を遡るとエルフの血が混じっているらしく、貴女を守る美しい光の存在は以前から感じていました。ただ……」

ジッとヴィクターが彼女の瞳を覗き込む。

「それを知っていたために、貴女を弟子にしたというわけではありません」

「では、どうして……」

ふっと彼が微笑んだ。

「貴女がそばにいてくれたならどれほど幸せだろうと、そう思ったからです」

「えっ？」

予想もしていなかったヴィクターの答えに、どぎまぎと頬を色づかせるアマリリスに向かって、彼は続けた。

「理屈ではないので、どう説明したらよいか難しいのですが、正直に答えるならばそういうことになりますね。もちろん、貴女の魔術師としての才能に、大きな可能性を感じたこともありますが」

「……あ、ありがとうございます」

アマリリスの頭の中は、さらに混乱していた。うるさく跳ねる心臓に、彼を想う気持ちを嫌というほど自覚させられる。

それ以上、なんと返してよいかわからずに真っ赤になっていたアマリリスの手を、ヴィクターが取った。

「貴女に見せたいものがあるのですが、少しいいですか？」

「はい」

彼の大きく温かな手に引かれるままに、アマリリスは庭の端の方に向かって歩いていった。

ヴィクターとこうして一緒にいられることが嬉しくて、アマリリスは彼と繋いだ手にそっと力を込めた。

普段は死角になっている、庭を囲む木々の裏手に辿り着き、目の前に広がる美しい光景にアマリリスは目を瞠る。

ふたりの前では、月下に咲く美しいアマリリスの花々が夜風にそよいでいた。

「わあっ、綺麗ですね……」

一本一本、艶やかに背を伸ばして咲いている花を眺めて、アマリリスの顔が綻ぶ。そんな彼女を見て、ヴィクターも微笑む。

「アマリリスが好きなので、こうして庭で育てているのですよ」

ヴィクターが花のことを言っているとわかってはいても、まるで自分に対して言われているようで、アマリリスの胸は切なく疼いた。

「先日、私にアマリリスの花をくださったのも、ここで育てていらしたからなのですね」

まるで魔法のように飛び出してきたアマリリスの花を、贈られるままに受け取っていた彼女だったけれど、ここで育てていたのかと、今になって合点がいく。

アマリリスは、花の前にかがみ込むと、ふっと遠い瞳をした。

「私、自分に精霊の加護があるとは知らなかったのですが、昔、精霊に一度だけ会ったことがあるのです。……もしかしたら、優しい夢を見ていただけなのかもしれませんが」

静かに頷いたヴィクターに、彼女が続ける。

「母を亡くして、妹が生まれて、ますます孤立していた時のことでした。この国にほど近い避暑地の別荘に家族で訪れたことがあったのですが、私だけが独りぼっちで、寂しくて。母の思い出のあるアマリリスを探しているうち、森の奥に迷い込んでしまったのです」

アマリリスは懐かしむように微笑んだ。

「アマリリスを見つけることもできずに、泣きながら綺麗な湖のほとりを歩いていた私の前に、どこからか美しい湖の精霊が現れて、優しく話しかけてくれました。そして、彼は私にアマリリスをくれた上に、抱き上げて森の外まで連れていってくれたのです。……彼の腕の中で、泣き疲れていた私は眠ってしまったようで、気付いた時には、私は別荘の庭のベンチにいました。夢だったのかとも思いましたが、その時、私の手には確かに、凛と咲くアマリリスの花があったのです」

彼女の話に、ヴィクターは温かな瞳で耳を傾けていた。

「それから、アマリリスは私にとって、さらに大切で大好きな花になりました。辛いことがあると、この花を眺めては自分を勇気づけていたので、ヴィクター様がアマリリスをくださった時も、本当に嬉しくて」

「……そうでしたか」

次第に冷たさを増してきた夜風に、アマリリスが花の前でふるりと身を震わせると、ヴィクターがそっと後ろから彼女に両腕を回した。

「寒くなってきましたね、そろそろ戻りますか？」

彼の腕に抱きしめられる形になったアマリリスは、彼の体温に包まれながら、思い切って口を開いた。

「ヴィクター様の腕が温かいので、もう少しだけこうしていてもいいですか？」

くすりとヴィクターが笑みを溢す。

「気が合いますね。私も、もう少し貴女とこうして一緒にいたいと思っていました」

まるで夢を見ているようだと思いながら、アマリリスはヴィクターの腕の中で目を瞑った。

（もしも、私がヴィクター様のおそばにいられなくなる日が、いつかやってくるとしても。この思い出があれば、きっと生きていけるわ）

アマリリスは、自分の身体に回された大好きなヴィクターの腕をギュッと握る。

ヴィクターの頬も赤く染まっていることには、気付いていなかった。

第七章　ふたりの想い

月夜の庭でヴィクターとアマリリスの花を眺めた数日後、アマリリスは、朝食を摂り終えて食後のコーヒーを飲んでいた彼に話しかけた。

「あの、ヴィクター様。ひとつ教えていただいても？」

「はい、なんでしょうか」

「ライズ王国は魔物の被害に悩まされ続けてきたと、シュヴァール王国にいた時から耳にしていました。ライズ王国に来てからも、魔物の出没状況は知らずにいましたが、ここでは魔物の被害はどのくらい出ているのですか？」

シュヴァール王国との戦への対策にかまけていて、アマリリスは、魔物によるライズ王国内の被害状況は、よく知らないままだった。

「繰り返し魔物が出てはいますし、被害もあるのですが、魔物の出やすい場所というのは大抵決まっているので、その付近には常に兵士が目を光らせています。このところは、シュヴァール王国の脅威の方が大きかったので、魔物対策は手薄になっていましたが……」

ヴィクターが、ジッとアマリリスを見つめる。

「そういえば、貴女がこの国に来てくださってから、不思議と魔物の被害は減っているように思います。シュヴァール王国軍の背後から魔物が現れた時を除けば、ですが」

「そうなのですね、それを伺って安心しました」

ホッと表情を緩めたアマリリスだったけれど、思案げに口を噤んでから尋ねた。

「今、私の手元には聖女の杖があります。この杖があれば、攻撃魔法も防御魔法もかなり容易に使えるのです。……もしよかったら、そのような場所で魔物討伐のお手伝いができないかと思ったのです」

ヴィクターは驚いたように目を瞬いた。

「働き者ですね、アマリリスは。しばらくはゆっくり休んでいただこうと考えていたのですが」

ロルフもアマリリスを見つめて、心配そうに口を開く。

「あんまり無理しすぎないでね？　きっと、自分で思う以上に疲れているんじゃないかな」

「いいえ、私は変わらず元気です。むしろ、この杖があるのに、この国のお役に立てずにいるのも、なんだか申し訳ないような気がして」

ヴィクターがふっと微笑んだ。

「貴女らしいですね。わかりました、では、魔物の頻出場所をいくつか見て回りましょうか。……ロルフ、君は休んでいてください」

「うん。ごめんね、アマリリスさん。僕は休ませてもらうね」

疲労の滲む顔で眉尻を下げたロルフに、アマリリスは続けた。

「いえ、謝らないでください、ロルフ君。……今朝焼いたチョコレートケーキを冷ましているところなので、よかったら、後で食べてくださいね」

ロルフの目が輝く。

「わーい、僕の大好物だ！　やっぱり、疲れた時には甘いものだよね」

アマリリスは微笑むと、申し訳なさそうにヴィクターに視線を移す。

「お疲れのところ、ヴィクター様を付き合わせてしまうのも申し訳ないので、場所さえ教えていただけたら私ひとりでも……」

ヴィクターが彼女の言葉を遮る。

「私ならまったく問題ありませんよ。かわいい弟子をひとりでそんなところに行かせるわけにはいきませんしね」

「アマリリスさん、師匠は規格外だからね。大丈夫だよ」

ロルフがアマリリスにウインクを飛ばす。彼女はふたりを見つめて頷いた。

「ありがとうございます、ヴィクター様。では、お言葉に甘えさせていただきます」

「お礼を言わなければならないのは、こちらです。ライズ王国のために、これほど力を尽くしてくれているのですから」

優しい瞳で笑ったヴィクターに、彼女も笑みを返す。

「ヴィクター様に助けていただいた恩返しもしたいですし」

「貴女がここにいてくれるだけで、十分すぎるほどに返していただいていますよ」

（……私には、もったいないような言葉だわ）

昨夜のヴィクターの言葉も思い出しながら、アマリリスはほんのりと頬を染めた。


「さて。最近、魔物の目撃情報があった場所は、ここで最後ですね」

ヴィクターの前では、黒焦げになったダイアウルフが息絶えていた。

アマリリスが焦ったようにヴィクターを見つめる。

「ヴィクター様。結局、ほとんどヴィクター様が魔物を退治してくださいましたよね……」

魔物が最近出没したという地点をいくつか回ったけれど、アマリリスは多少の防御魔法を張るか、魔物の足止めをするくらいしかしていない。

それに、彼らの気配に気付いて襲いかかってきた魔物自体、それほど多くはなかったこともあり、ヴィクターがあっという間に片付けていた。アマリリスは、回復魔法を彼にかける必要すらなかったのだ。

「はは。アマリリスがそばにいてくれるおかげか、調子がいいのです」

楽しげに笑ったヴィクターが、アマリリスの手を取る。

「さあ、もう馬車に戻りましょうか」

「は、はい！」

彼の手に触れられるたび、アマリリスの胸は甘く跳ねたけれど、彼女は何度も自分に言い聞かせていた。

（勘違いしてはいけないわ。ヴィクター様は、弟子にはまるで家族のように優しいのだもの）

彼とふたりの時間を過ごせるだけでも、アマリリスにとっては嬉しく感じる。魔物退治が目的なのに、ついそんな気持ちになってしまう自分を馬車に戻ったアマリリスが戒めていた時、ヴィクターが彼女の顔を覗き込んだ。

「どうしたのですか？　少し顔が赤いようですよ」

彼の大きな掌が、アマリリスの額に触れる。

「……熱はないようですね」

「はい、大丈夫です」

さらに頬に熱が集まるのを感じながらアマリリスが答えると、どこか楽しそうにヴィクターが笑った。

「ならいいのですが。やはり疲れが出たのでしょうか？　少しでも楽な姿勢で、私に寄りかかっていてください」

彼に抱き寄せられ、ぽすっとその肩に頭が乗るような格好になって、アマリリスは頬を染めたまま呟いた。

「優しいですね、ヴィクター様は」

「アマリリスには特別です」

柔らかくヴィクターに頭を撫でられて、アマリリスの鼓動がさらに速くなる。

（いくら弟子だからって、こんなに甘やかされていいものかしら）

彼の肩に頭を預けたまま、アマリリスは甘く高鳴る胸を抱えていた。

「せっかくですから、景色のいい道でも通って帰りましょうか。アマリリスの体調がよくなっていたら、どこか寄り道してもいいかもしれませんしね。……おや？」

馬車の窓から、一枚の手紙が風魔法で舞い込んできた。手紙を開封して目を走らせたヴィクターが、アマリリスを見つめる。

「シュヴァール王国から、ライズ王国に和睦の申し入れがあったようです」

「本当ですか⁉」

身体を起こしたアマリリスの顔が、ぱっと輝く。

「……ですが、和睦についての交渉の場にアマリリスも来てもらいたいそうです。どうしますか？」

ハッと顔を硬直させながらもアマリリスは頷いた。

「はい。必要なら、もちろん同席いたします」

もやもやと湧き上がってくる不安を感じていたアマリリスの肩を、ヴィクターはそっと抱き寄せた。

魔物退治から戻った数日後、ライズ王国の王宮に呼ばれたアマリリスは、ヴィクターと共に、ロルフも伴ってルキウスの執務室に出向いていた。

「シュヴァール王国から、和睦交渉のためにネイト王太子が訪れている。ラッセル様も一緒だ」

「ラッセル様が⁉」

アマリリスが嬉しそうにヴィクターと目を見交わす。かつての師の名前を聞いて、自分が交渉の場に呼ばれた理由が円滑に和睦を成立させるためであってほしいと、彼女は願っていた。

「彼らには、既に応接室で待ってもらっている。俺は国王からこの件について全面的に任せられているが、父も俺もこれ以上の戦は望んでいない。あくまで、あの大国とは和睦を成立させることが前提だ。……まあ、条件次第というところはあるがな」

「リドナイトの利権を譲るよう、再び求められる可能性もあるでしょうしね」

ヴィクターの言葉に、ルキウスは頷いた。

「ああ。いくら以前よりもいい条件を提案されたとしても、俺はリドナイトを譲る気はない。あれが非常に役立つことは、前回の戦でも立証済みだからな」

「アマリリスがこの場に呼ばれたということは……」

気遣わしげにヴィクターがアマリリスを見つめると、ルキウスが彼の言葉を継いだ。

「シュヴァール王国から直接、彼女に謝罪がしたいのだろうと信じたいところだ。冤罪を着せて聖女を追い出したことに国内でも非難の声があがっていると、俺の耳にも入ってきている」

ロルフが微かに眉を寄せる。

「シュヴァール王国からのふたりがいる応接室の前を通ったけれど、部屋の中からは、前に届いた手紙から漂っていたような敵意は感じられなかった。和睦を成立させようとしているのは確かだと思うけど、なんだかもやもやするんですよね……」

「まあ、想像するより、会って話す方が早いだろう」

ルキウスの言葉に、ロルフは頷く。

「では、僕は応接室の隣の部屋で控えていますね。もしなにか気になることを感じたら、また伝えます」

立ち上がったルキウスに続いて、ヴィクターとアマリリスもロルフと別れて応接室に向かった。

応接室のドアを開けると、ネイト王太子とラッセルが、テーブルの奥側の椅子に並んで腰かけていた。

ふたりは、ルキウスたち三人の姿を認めて立ち上がる。

「お時間いただき感謝します、ルキウス殿」

「いえ。我が国までご足労いただいたのですから」

ラッセルが、ヴィクターの隣にいるアマリリスを見つめて顔を綻ばせる。旧交のあるヴィクターとも、彼は視線で挨拶を交わしていた。

ラッセルに会釈をしたアマリリスは、その隣にいるかつての婚約者ネイトの姿に、顔が緊張るのを感じていた。彼が自分を殺そうとした時の記憶が、くっきりと甦ってくる。

五人がそれぞれ椅子に腰かけてから、ネイトは徐に口を開いた。

「早速ですが、本題に入らせていただきます。貴国に和睦を願いたい。リドナイトの利権に関しては、もう求めるつもりはありません」

ルキウスの顔に安堵が滲む。

「そうですか。なら話は早い」

「ただ、我が国からの和睦の条件は……」

ネイトの視線の先が、アマリリスに移る。

「シュヴァール王国の聖女であるアマリリスを、我が国に返していただくことです」

「……！」

アマリリスの顔からすうっと血の気が引いていく。

「どういうことですか？」

厳しい表情でヴィクターがネイトを見つめる。ネイトは彼には答えないままに、アマリリスに向かって口を開いた。

「すまない、俺が間違っていた。アマリリス、君こそが真のシュヴァール王国の聖女だ」

初めて頭を下げるネイトを見て、アマリリスの目が驚きに見開かれる。

「……頭を上げてください、ネイト様」

「カルラの言葉を信じた俺が浅はかだった。君が戻ってきてくれた暁には、王妃として生涯君を大切にすると誓う」

言葉を返せないまま、アマリリスは硬くなっていた。ネイトの表情が、過去に自分に向けられたものと比べて柔らかく、どこか切なげに見えたことも薄気味悪く、なにが起きたのだろうと彼女を動揺させていた。

（ネイト様にどんな心境の変化があったとしても、彼のそばに戻りたいとは思えないけれど）

ネイトが妹のカルラを選んだこと、そして自分の言葉に耳を貸さずに濡れ衣を着せたことを、忘れられるはずもない。

黙ったままのアマリリスに、彼は鋭い視線で続けた。

「君が戻るなら金輪際、ライズ王国を攻めることはないと約束する。君が首を縦に振りさえすれば、両国間の平和は保たれるんだ」

暗に、アマリリスが戻らなければ再びライズ王国に攻め入るとでも言いたげなネイトに、彼女の瞳が揺れる。

表情を翳らせたアマリリスを心配そうに見つめたラッセルが、口を挟んだ。

「戸惑われる気持ちはわかります、アマリリス様。貴女様が冤罪によって国を追われた際、どれほど不安と恐怖に苛まれたか、想像に余りありますから。……ですが、シュヴァール王国の民は皆、貴女様を必要としていますし、帰還を心から歓迎するでしょう。私も、力を尽くして貴女様をお守りするとお約束します」

アマリリスは、必死な色を滲ませたラッセルを見つめ返した。

シュヴァール王国は、ライズ王国に比べて遥かに規模が大きい。国土の広さも民の数も、ライズ王国のそれを大きく上回る。

（これまでの二度の戦では、運よくほとんど被害が出なかったけれど。一度目は魔物が出たこと、二度目は聖女の杖が私の手に戻ってきたことによる動揺で、シュヴァール王国軍が崩れたせいだわ。三度目もそんな偶然に恵まれるかなんて、わからない）

いくらアマリリスに聖女の杖があり、そしてヴィクターという要が存在したとしても、ライズ王国が今後シュヴァール王国から攻められたとしたなら、甚大な被害が出るであろうということは、アマリリスにも想像に難くなかった。

そして、聖女の杖が手元に戻ってきたことからは、いずれ自分がシュヴァール王国に連れ戻される時が来るかもしれないとも、薄らと予感していたのだ。

（私さえ我慢してシュヴァール王国に帰れば、両国に平和が戻るなら。でも……）

ヴィクターのそばから離れることが、アマリリスには最も辛く、そして寂しいことだ。思わずヴィクターに視線をやると、彼もアマリリスをジッと見つめていた。

アマリリスと目が合った彼は腰を上げると、つかつかと歩いて彼女の後ろから寄り添った。

ハッとアマリリスがヴィクターを見上げる。彼女にだけ見えるように軽くウインクをした彼は、ネイトとラッセルを真っ直ぐに見据えた。

「生憎ですが……」

ヴィクターが、アマリリスの背中からそっと彼女を抱きしめる。

「アマリリスは私の妻になる予定なので、残念ながら、シュヴァール王国にお渡しすることはできません」

「な、なんだって⁉」

ネイトが顔色を変えて、がたっと椅子から立ち上がる。ラッセルも、ぽかんと口を開けてヴィクターとアマリリスを見つめていた。

「……アマリリス様、それは本当なのですか？」

困惑気味に尋ねたラッセルに、気付けばアマリリスは首を縦に振っていた。

「はい」

きっと、自分をライズ王国に繋ぎ止めるための弁明なのだろうと、そう冷静に考える一方で、ヴィクターを恋い慕うアマリリスの純粋な気持ちがそれに勝り、反射的に彼女を頷かせていた。

まるで夢の中に突然放り込まれたような気分で、彼女の頬が赤く色づく。

アマリリスの返答に、ヴィクターの顔はみるみるうちに綻んだ。ラッセルは、幸せそうなふたりを見つめて思わず笑みを溢すと、ネイトに視線を移した。

「ネイト様。アマリリス様には、別の形で力を貸していただいてはいかがでしょうか」

「黙れ」

立ったまま拳を握りしめていたネイトが、悔しげにルキウスを見つめる。

「アマリリスを我が国に返さないなら、和睦をするつもりはありません。譲っても、一時休戦までです」

「……一時休戦で手を打ちましょう」

一時的にでも休戦が約束されたことに、アマリリスは少なからずホッとしていた。

帰りがけに、ラッセルがそっとアマリリスに囁く。

「ヴィクター様と婚約なさっていたのですね。おめでとうございます、アマリリス様」

「……ありがとうございます」

まだヴィクターの言葉の真意がわからないまま、アマリリスは戸惑いつつも微笑んだ。

ラッセルは、ヴィクターにも笑みを向けてから、硬い表情で唇を引き結んだネイトと共に、帰りの馬車へと乗り込んでいった。

ネイトとラッセルの乗った馬車が隣国へと戻っていく様子を眺めていた、ルキウス、ヴィクターとアマリリスのもとに、ロルフが急ぎ足でやってきた。

小さくなる馬車を見つめていたロルフに、ルキウスが尋ねる。

「なにか気になることはあったか、ロルフ？」

難しい顔をしながら、彼は頷いた。

「ふたりとも、特にあの王太子殿下からは、焦りと余裕のなさを感じました。……無事に和睦は結べたのですか？」

ルキウスは厳しい顔で答えた。

「いや、和睦までは辿り着かなかったが、一時休戦は調った。和睦の条件に、アマリリス様の返還を持ち出されてな」

「ええっ⁉」

目を白黒させたロルフが、不安げにアマリリスを見つめる。

「アマリリスさん、シュヴァール王国に帰ったりしないよね……？」

微笑みながら、アマリリスはロルフを見つめ返した。

「大丈夫です。ヴィクター様が引き留めてくださったので」

ヴィクターの言葉を思い出し、彼女の頬がかあっと染まる。ルキウスもまじまじとヴィクターを見つめた。

「まさか、これまで女性の影が一切なかったヴィクターが、急にあんなことを言い出すなんて思わなかった」

「……？」

不思議そうに小首を傾げたロルフに、ヴィクターが笑う。

「私の強引なプロポーズを、アマリリスが受けてくれたのです」

「……!?　それってどういう……」

もともと大きな目をまん丸く見開いたロルフは、穴が空きそうなほど師の顔を見つめた。

「言葉通りの意味ですよ」

「いったいぜんたい、師匠はどうして和睦交渉の場でプロポーズを？　でも、壁越しにちょっとカオスな感じがしたのは、それだったのかな……」

そう呟いたロルフは、ルキウスに視線を戻した。

「あの王太子殿下は、一時休戦できたことには胸を撫で下ろしているようですね」

意外そうに、ルキウスは馬車が去っていった方向を見つめる。

「彼の口ぶりからは、我が国に百歩譲って、一時休戦をしてやるという感じだったのだがな。……では、噂は本当だったのか」

「噂とは？」

ヴィクターが尋ねると、ルキウスは腕組みをしながら口を開いた。

「シュヴァール王国で、最近になって魔物の被害が急増しているらしい。それ自体は喜ばしいことではないが、我が国にとっては有利に働いたようだな」

「魔物の被害、ですか……」

アマリリスが心配そうに眉尻を下げる。

「それも、アマリリスを連れ戻したいという動機のひとつだったのかもしれませんね。状況的に、聖女の力が喉から手が出るほど欲しいはずですから」

ヴィクターはぽんとアマリリスの頭を撫でた。

「心配いりませんよ。貴女が無理に国に戻らなくても、シュヴァール王国に手を貸す方法はあるはずです」

「はい」

ヴィクター、アマリリスとロルフの三人に、ルキウスが感謝を込めて笑みを浮かべる。

「ありがとう。おかげで、とりあえずはシュヴァール王国と休戦することができた。休戦といっても薄氷を踏むようなものだろうが、まずはひと安心といったところだ」

「そうですね。また、新しい情報が入ったら教えていただけますか?」

「ああ、もちろんだ」

頷いたルキウスに一礼をして、三人は彼の前を辞した。


屋敷に帰ると、アマリリスは紅茶を淹れてから、頭の中にずっと疑問符を浮かべている様子だったロルフに、交渉の場で話した内容を共有した。

「なるほど、そんなことがあったんだね。師匠も、相変わらずだなあ。……ただ、今回は妙手だったと思うけど」

ちらりとヴィクターを見てから、紅茶のカップを置いたロルフがアマリリスに微笑む。

「アマリリスさん、僕以上に驚いているよね？　混乱している部分もあるだろうし。でも、アマリリスさんなら、自分が我慢すれば丸く収まるとか思いかねないし、向こうの王太子の言いなりにならなくてよかったよ」

鋭いロルフの言葉に、アマリリスはどきりとしながらも彼に笑みを返した。

「ヴィクター様が助け船を出してくださったおかげです」

ロルフはアマリリスとヴィクターを交互に見てから、再びカップを持ち上げて残っていた紅茶を飲み干すと、ふふっと楽しげに笑った。

「じゃあ、僕は先に部屋に戻るね。あとはふたりで、ごゆっくり」

扉の閉まる音がして、ヴィクターとふたりきりになったアマリリスは、隣の椅子に座る彼にどぎまぎと口を開く。

「あの、ヴィクター様。ヴィクター様は、私がライズ王国に留まることができるように、あんな風に言ってくださったのですよね……？」

「そう見えましたか？」

「はい。突然のことでしたし、私を庇ってくださったのかと」

アマリリスの瞳を、ヴィクターがジッと覗き込む。時に悪戯っぽい色が覗く彼の青緑色の瞳は今真剣そのものだった。

「あれは私の願望です。貴女を驚かせてしまったことはわかっていますが」

彼の頬が珍しく染まっていることに気付いて、アマリリスの心臓が大きく跳ねる。

「では、あれは本当に……？」

「ええ。それを知って、貴女の答えは変わりますか？」

「変わるはずがありません。ヴィクター様は、ずっと私の憧れでしたから。……でも、私のような者がヴィクター様の隣にいることが、許されるのでしょうか」

アマリリスはぎこちなく目を伏せた。

「私なんて、精霊の加護がなければ、人より優れているところなんてなにもありません。人格的にも魔法の才能にも優れたヴィクター様と釣り合うとは、とても思えないのです」

ヴィクターは柔らかな笑みを浮かべると、彼女の髪を撫でた。

「私がそばにいてほしいと思う女性は、アマリリスだけです。貴女ほど心が美しく素晴らしい女性を、私は他に知りません。なにより、私はただ貴女のことが好きなのです。それだけでは足りませんか？」

思いがけない言葉に、アマリリスが目を瞠る。

「本当ですか？　ヴィクター様は、私が弟子だから優しくしてくださっているのだろうと、そう思って……」

「貴女が弟子だからこそ、無理に好意を押しつけてはいけないと、自分に言い聞かせてはいたのですがね。長い年月を経ても忘れられずにいた貴女に会えて、つい想いが溢れてしまった部分もあるようです」

「……長い年月、ですか？」

きょとんとしたアマリリスに、彼は頷いた。

「ええ。森で迷っている貴女を見つけたあの日から、アマリリスのことがずっと忘れられませんでした」

「まさか、ヴィクター様は、あの時の……」

森の中で泣いていた自分に手を差し伸べてくれた、美しい湖の精霊だと思っていた少年の面影が、深く澄んだ湖の色を瞳に湛えるヴィクターの顔に重なる。彼にもらった美しいアマリリスの花と、自分を抱き上げてくれた彼の優しい腕が懐かしく思い出された。

「そうです。貴女はまるで、森に現れた妖精のようでした。アマリリスの花を探していると聞いて、見つけた花を貴女に渡した時の輝くような笑顔が忘れられなくて」

「どうしてヴィクター様はあの時、あの場所に？」

「貴女が迷い込んだのは、両国にまたがる森だったのです。私は当時、あの森にほど近い家に両親と暮らしていましてね。その後、両親は魔物に襲われて他界しましたが、怖いもの知らずだった私は、時に魔物が出るというあの森にも、よく足を踏み入れていたのです」

　ふっと遠い瞳をしてから、ヴィクターは続けた。

「あれほど心が動いたことは初めてで、悲しげに泣いていた貴女を守りたくて、許されるならあのまま攫ってしまいたいくらいでした。でも、貴女は決して私が望んではいけない人だと、あの時の私にはわかっていました」

「……どういうことですか？」

「精霊が放つ光が、貴女の周りを美しく舞う様子が見えたのです。いずれ貴女が聖女と呼ばれ、シュヴァール王国を背負って立つ方になるのだろうと、私には想像がついていました。そんな貴女に手を伸ばしてはならないと理解していたのです。ただ……」

　彼は小さく唇を噛んだ。

「シュヴァール王国で、貴女があれほど虐げられていたなんて、思いもよりませんでした。花咲くように笑ってくれた昔の貴女と、氷の聖女というふたつ名の印象が繋がらず、不思議に思ってはいたのですが、辛い思いをひとりで抱えていたからだったのですね。貴女を魔物の巣窟前で見つけたあの時、私は、誰に非難されても構わないから、今後は貴女を私の手で守りたいと、そう思ったのです。貴女が許してくださるのなら、ですが」

　彼は椅子から立ち上がると、改めてアマリリスの前に跪き、その手を取ってそっと口づけた。

「これからもずっと、アマリリスには私の隣にいてほしいのです。一番近くで貴女を守ることを、私に許してはいただけませんか？」

アマリリスの目から喜びの涙が流れ、つうっと頬を伝う。

「私こそ、よろしくお願いします、ヴィクター様」

彼女の返事に微笑んだヴィクターは、立ち上がってアマリリスの涙を指先で優しく拭うと、その跡に優しく唇を落とした。

そのまま彼の腕に力強く抱きしめられて、アマリリスはひたひたと胸に幸せが満ちるのを感じていた。

第八章　ネイトの企み

ヴィクターによる魔法の稽古を終えて、アマリリスとロルフは師と並んでひと息ついていた。

「アマリリスさん、聖女の杖があっても魔法の稽古はするんだね？」

ロルフの問いに、アマリリスが頷く。

「はい。以前のように、また杖を奪われることがないとも限りませんし、ヴィクター様に魔法を教えていただくようになってから、聖女の杖を使う時の威力も増しているようなので」

ヴィクターもアマリリスを見つめて微笑んだ。

「努力家ですね、アマリリスは。ふたりもいい弟子に恵まれて、私は幸せです」

「僕も、アマリリスさんと一緒に稽古をつけてもらえるようになって、前よりもっと稽古に身が入るようになった気がするよ。ところで……」

ロルフが楽しげにふたりを見つめる。

「師匠とアマリリスさんは、いつ結婚式を挙げるの？」

ヴィクターとアマリリスは、思わず顔を見合わせた。ふたりの頬は、どちらもほんのりと色づいている。

ひとつ咳払いしてから、ヴィクターが続けた。

「少し落ち着いてからと思っていましたが、アマリリスの希望に合わせます」

「希望、ですか……」

ヴィクターからプロポーズを受けたアマリリスではあったけれど、彼との婚約だけでも天にも昇りそうなほど幸せで、まだ結婚は先の話かと思っていたのだ。

アマリリスが言葉を続ける前に、ロルフが明るく口を挟んだ。

「早ければ早いほどいいんじゃないかな？　師匠もアマリリスさんも、いつになったら自分の気持ちに素直になるんだろうって、僕としてはむずむずしてたから」

「ロルフ君、前から気付いて……？」

恥ずかしそうにロルフを見つめたアマリリスに、彼はにこっと笑った。

「うん。僕じゃなくても、一緒に過ごしていればきっと、ふたりが惹かれ合ってることには自然と気付いたと思うけどね。まあ、両想いのふたりに僕からそんなことを言うのも無粋だし」

熱の集まった両頬を、アマリリスが思わず両手で押さえる。ヴィクターは軽く苦笑した。

「ロルフ、アマリリスをあまり困らせないであげてください」

「ごめんなさい、つい。でも、師匠が結婚する相手がアマリリスさんで僕も本当に嬉しいな」

顔中にロルフが大きな笑みを浮かべた時、風魔法を纏った一枚の手紙がひらりとヴィクターの手元に運ばれてきた。

手紙の差出人を確認したヴィクターが、驚いたように呟く。

「おや、ラッセル様からですね」

アマリリスが不思議そうに目を瞬いた。ラッセルがネイトと共に和睦交渉のためにライズ王国を訪れたのは、ほんの数日前だ。

「つい最近お会いしたばかりだというのに、どうなさったのでしょう？」

手紙の封を切ったヴィクターの横で、ロルフが緊張気味に顔を強張らせている。

開いた便箋に目を走らせる前に、ヴィクターはロルフの表情を気遣わしげに見つめた。

「ロルフ、この手紙からなにか感じるのですね？」

「うん。殺意とか敵意とか、そういうものとは違うけど……差し迫った思いをひしひしと感じるよ」

ヴィクターは手早く文面に目を通すと、ふっと息を吐いた。

「アマリリス、これは私たちふたり宛てに来たものです。貴女の意見を聞かせてもらえますか？」

彼から手渡された便箋に視線を落としたアマリリスの表情が、みるみるうちに青ざめる。

「大変だわ……」

「なにが書いてあったの？」

ロルフに便箋を見せながら、彼女は続けた。

「シュヴァール王国に出ている魔物の被害が、日に日に深刻になっているようです。以前は魔物など出なかった辺境の町や村、さらには大きな町や王都にまで、魔物が姿を現していると。……とりわけ、多くの貧しい民が傷ついているようです」

力のない人々の血が流れているにもかかわらず、守備の兵を割くのは王都を中心とした大規模な町ばかりであり、一部の民が見殺し同然にされていると、ラッセルは悲痛な思いを綴っていた。

(国王様は、そんな状況を放っておくような方ではなかったのに……)

貧富にかかわらず、平等に民の平和と幸せを守ることに力を尽くしていたシュヴァール王国国王の穏やかな顔が、アマリリスの目に浮かぶ。

「これを書いたラッセル様の思いは、この文面通りなんだと思う」

眉尻を下げたロルフに、ヴィクターも厳しい顔で頷いた。

「ラッセル様は裏表のない、真っ直ぐな方ですからね。我々を謀るような方でもありませんし、ロルフの言う通りなのでしょう。……それにしても、国内の窮状を、つい最近攻めた国にいる私たちに漏らすとは、相当にひどい状況なのですね」

「きっと、内容からしても、ネイト王太子には知らせずにこの手紙を出したんだろうね。あの王太子は、弱味を見せるようなことをする人じゃないもの」

アマリリスは、便箋の最後に書かれた文章をジッと見つめていた。

【和睦交渉が決裂し、一時休戦中に過ぎない貴国のあなたたちに、このような依頼をすること

を心苦しく思います。ですが、民の命を守るために、どうか力を貸してはいただけないでしょうか】

懐かしいかつての師の筆跡と、そこに滲む必死の思いに、アマリリスは居ても立ってもいられない気持ちになった。

「ヴィクター様、私、シュヴァール王国に行ってもよろしいでしょうか。この力を、少しでも民のために活かせるのなら本望です」

アマリリスの表情を見て、ヴィクターがそっと彼女の肩に手を置く。

「きっと、そういうところが、貴女が精霊に選ばれた所以なのでしょうね」

微笑んだヴィクターが、再び便箋に視線を落とす。

「ルキウス王太子殿下に状況を伝える必要はありますが、ラッセル様のもとに一緒に行きましょう。貴女をひとりでシュヴァール王国に行かせるわけにはいきませんし、友からの頼みに私も応えたいと思います」

「ヴィクター様まで巻き込んでしまって申し訳ありませんが、ありがとうございます」

安堵を滲ませて笑うアマリリスの身体を、彼はそのまま柔らかく抱き寄せた。

「貴女のためなら、できる限りのことをするのは当然です」

ヴィクターの言葉も瞳も、これまで以上に優しく甘くなっているようで、アマリリスの頬がさらに染まる。

「……ただ、そうすると、貴女と式を挙げられるのは、シュヴァール王国から帰ってからということになりますね」

小さく息を吐いた彼に、アマリリスははにかみながら微笑んだ。

「では、ライズ王国に戻ったら、すぐに式の準備をしませんか？」

「ええ、それはいい動機づけになりますね。さっさと魔物たちを片付けてきましょう」

笑みを返したヴィクターが、ロルフを見つめる。

「すみませんが、ロルフはこの国に残ってもらっても？　シュヴァール王国との緊張状態に異変が生じたり、国内に魔物の被害が増えたりしたら、すぐに戻りますから」

ロルフの敏感な能力は情報の分析に適任だ。彼は真剣な顔で頷いた。

「わかった。なにかあれば、急いで師匠たちに連絡するね」

ヴィクターがぽんと彼の頭を撫でる。

「頼みましたよ、ロルフ。ルキウス王太子殿下に、有用な情報があれば君に共有するよう伝えておきます。シュヴァール王国で不測の事態が起きたら、私も連絡します」

「うん。師匠もアマリリスさんも、十分に気を付けてね」

ロルフに見送られて、ヴィクターとアマリリスはルキウスに会うために王宮へと向かった。

ヴィクターからの報告に、ルキウスは渋い顔で耳を傾けていた。

「シュヴァール王国に魔物の被害を防ぎに行きたい、か。我が国の主力とも言える君たちを和睦も結べずに終わった隣国に派遣するなんて、敵に塩を送るようなものだ。本来なら、この状況を逆手に取りたいところだが……」

ルキウスが難色を示すだろうことは想像していたアマリリスは、緊張しながら彼の言葉を聞いていた。

彼はアマリリスを見つめる。

「アマリリス様のおかげで、我が国の兵士たちにほとんど被害を出すことなく、一時休戦にまで漕ぎつけられたことも事実だ。一刻を争うからこそ、そのような依頼が来たのだろうし、貴女を俺が止めようとしても、止められるものでもないだろう」

意外にも柔らかくなったルキウスの表情に、彼女は目を瞬いた。ヴィクターが彼に尋ねる。

「では、認めてくださるのですか？」

「認めるというより、反対できないと言った方が正確だろうな。俺が反対することで、アマリリス様がこの国を去ることを選びでもしたら、それこそ一大事だ。但し、もし我が国に危機が迫ったら、その時は至急戻ってもらいたい」

「はい、それは承知しております」

ルキウスは、頷いたヴィクターとアマリリスに温かな瞳を向けた。

「アマリリス様はやはり聖女なのだと、そう感じたよ。人の命は、失われたら二度と戻らない。

俺も、ひとりでも多くの人命が救われるよう、そして貴女たちが無事に戻るように、幸運を祈っているよ」

「ありがとうございます、ルキウス王太子殿下」

ホッと安堵を滲ませたアマリリスは、ヴィクターと微笑みを交わした。

ラッセルから手紙を受け取った数日後、シュヴァール王国の片田舎の村で、馬車から降りたヴィクターとアマリリスをラッセルが出迎えた。

「お待ちしておりました。ヴィクター様、アマリリス様」

「ラッセル様！」

恩のあるかつての師の顔に深い隈ができ、疲労が滲んでいる様子を見て、アマリリスは心配そうに表情を翳らせた。

そんな彼女を安心させるように、ラッセルが温かな笑みを浮かべる。

「アマリリス様、ヴィクター様。僕の求めに応じてシュヴァール王国までお越しくださって、本当にありがとうございます」

丁寧に頭を下げたラッセルに、ヴィクターが笑いかける。

「水臭いですよ、ラッセル様。先日の和睦交渉の場では、互いの立場上、自由に話すというわけにもいきませんでしたが、我々は友人ではないですか。ネイト王太子もいないことですし、ざっくばらんに行きましょう」

「はは。そう言ってもらえると助かります」

ホッと表情を緩めたラッセルが、眩しそうにアマリリスに視線を移す。

「アマリリス様、ますますお綺麗になられましたね」

恥ずかしそうに頬を染めた彼女とその隣に並ぶヴィクターに向かって彼は微笑むと、口を開いた。

「ご結婚なさるとのこと、おめでとうございます。先日はネイト王太子殿下もいらしたので、おふたりには大きな声でお祝いを言えなかったのですが、僕個人としてはとても嬉しいです」

「アマリリスには、国外に追放されたら、私を頼るようにと言ってくださったそうですね」

「はい。僕の知る限り最も信頼できる、そして実力のある魔術師がヴィクター様でしたので」

ヴィクターに寄り添われたアマリリスがラッセルを見つめる。

「私、この国から追放された時、両国の国境沿いにある魔物の巣窟前に放り出されたのです」

「なんですって?」

ラッセルの顔が、驚きと共に苦しげに歪む。

「それは、貴女様に死ねと言っているようなものではありませんか」

「ネイト様もカルラも、私を殺すつもりだったのでしょう。魔物に襲われかけていた私を助けてくださったのが、ヴィクター様でした」

「そんなことがあったとは知らずに、失礼しました。アマリリス様がご無事でよかった。ヴィクター様、改めて感謝いたします」

ラッセルに瞳を向けられて、ヴィクターが微笑む。

「いえ。私も、ラッセル様が私の名前を挙げてくださっていたことを嬉しく思いましたよ。あの場でアマリリスに再会できた幸運も、神の思し召しかもしれません」

アマリリスの手の中には、竜を模った聖女の杖があった。ラッセルはしみじみとその杖を見つめる。

「やはり、聖女はカルラ様ではなく、アマリリス様でした。国内でも、アマリリス様に偽聖女の汚名を着せたネイト様を非難する声があがっているのですが……」

彼は少し声を落とした。

「ネイト様は独裁的に軍を動かしており、彼に逆らうとどうなるかわかりません。有力な貴族たちも、今のところ彼の顔色を窺っている状況です。裕福な貴族を優遇し、貧しい者は切り捨てる彼の方策に耐えられず、今回は私の独断であなたたちに助力を依頼しました。……さ、おふたりともこちらへ」

ラッセルに案内されて向かったのは、村外れにある粗末な掘っ立て小屋だった。小屋に向かう途中に目に入った村の家々は、崩れかけているものや焼け焦げた跡のあるものなど、魔物による大きな被害がひと目で見て取れた。

小屋に足を踏み入れたアマリリスの口元が、辛そうにきゅっと結ばれる。

そこは、起き上がれずに身体を横たえている、怪我を負った老若男女で溢れ返っていた。寝台も数が足りないようで、寝台から溢れて、床に敷かれた布の上で呻いている者もいる。

（これはひどいわ……）

ラッセルは肩を落として口を開いた。

「この村は最近、魔物に襲われたばかりなのです。これまで平和な時間が続き、身を守る手段もなかったところに魔物の襲撃を受けたので、このような有様で」

彼の言葉に頷くと、アマリリスはすぐに、一番近くの寝台の上に横たわっていた、顔色の悪い子供のもとへと駆け寄った。彼の腹部に巻かれた包帯には、痛々しく血が滲んでいる。

彼女が回復魔法を唱えると、聖女の杖が輝き、子供の身体は温かな光に包まれた。

驚いていた彼の顔が、みるみるうちに輝く。

「もう、痛くない。……ありがとう、お姉さん」

「ふふ、よかったわ」

その時、小屋の外から遠く破壊音と魔物の咆哮が響いてきた。人々が恐怖に青ざめる中、ヴィクターが小屋の外へと向かって走り出す。

扉の前で、彼はアマリリスとラッセルを振り向いた。

「外の魔物たちは私に任せてください。アマリリスは、このまま彼らの回復を頼みます。ラッセル様は、万一に備えてこの場所の警備を」

アマリリスは、彼の安全を祈りながら頷いた。

「ヴィクター様、お気を付けて」

「承知しました、ヴィクター様」

ラッセルもすぐさま小屋の外へと向かう。アマリリスは、ひとりずつ回復魔法で傷を癒していった。

「なんと素晴らしい……！」

大怪我を負って臥せっていた村長が、すっと引いていった痛みと塞がった傷痕に、女神でも崇めるかのようにアマリリスを見上げた。

その手に握られている竜型の杖に、彼の目がハッと見開かれる。

「もしや貴女様は……聖女アマリリス様では？」

村長の言葉に、小屋にいた人々がいっせいにざわめく。

アマリリスは唇に人差し指を当てると、静かに微笑んだ。

「私がここに来たということは、どうぞ内緒にしておいてください」

ネイトに自分たちが来ていることを勘づかれたら面倒なことになりそうだったし、アマリリスにもヴィクターにも、できることには限りがある。無用な混乱を生むことは避けたかった。

次々と怪我人を回復させていくアマリリスの姿に、手を合わせる村人も少なくなかった。

「聖女様がこの村に来てくださったなんて」

「きっと、神様が遣わしてくださったんだ」

アマリリスが怪我人の全員を回復させてほどなくして、小屋の外から響いていた轟音が鳴りやんだ。ラッセルと小屋の中に戻ったヴィクターが、アマリリスに微笑む。

「これで魔物たちも片付きました。付近の魔物たちは一掃したので、しばらくは問題ないでしょう」

村人たちから歓声があがる中、アマリリスはヴィクターとラッセルに駆け寄った。

「おふたりとも、お怪我はありませんでしたか？」

「ええ、大丈夫です」

そう答えたヴィクターを、ラッセルが感嘆の面持ちで見つめた。

「ヴィクター様が素晴らしい力の持ち主だと知ってはいましたが、まさに神業でした。ヴィクター様おひとりだけでも、上級魔法の遣い手が百人束になってかかったところで、きっと敵わないでしょう」

「これも、アマリリスがそばにいてくれるおかげです」

彼に軽くウインクをされて、アマリリスの頬が染まる。

村長をはじめとして、村人たちに繰り返し礼を言われてから、三人は魔物の被害が出た別の村へと向かった。

＊＊＊

「なに？　聖女が辺境の村々に現れている、だと？」

兵士から報告を受けたネイトの顔が、訝しげに顰められる。

「はい。まだ信憑性のほどは定かではありませんが、そのような噂が届いています。村の様子を確かめに行った兵士によると、壊滅的な打撃を受けていた村々で、意外にも怪我人が確認されなかったそうです」

「どういうことだ……？　アマリリスはライズ王国にいるはずだが」

ふと、ネイトの頭にラッセルの顔がよぎる。最近、ネイトは彼の顔を見ていない。

特に魔物の出没頻度が多かった、警備も手薄な辺鄙《へんぴ》な村々への救援要請を幾度も願い出ていたラッセルを、ネイトは煙たく感じて遠ざけていたのだった。

（王国の一大事だというのに、重要性の落ちるそんな場所に、大事な兵を向けられるか。だが、あれだけ俺に食い下がっていたラッセルなら、どんな手だって打ちかねない。……その噂が正しいとするのなら、飛んで火に入る夏の虫だ）

彼は目の前の兵士に告げる。

「ラッセルの足跡を調べろ。もしも聖女の姿が認められたなら、すぐに俺に報告するように」

「はっ」

ネイトの前を辞していく兵士を眺めながら、彼の顔には隠し切れず笑みが浮かんでいた。

＊＊＊

ヴィクター、アマリリスとラッセルが訪れていた村で、年老いた白髪の村長が目を潤ませながら三人に向かって深く頭を下げる。

「ヴィクター様、アマリリス様、そしてラッセル様。なんと感謝すればよいのかわかりません」

彼の目の前では、アマリリスが魔法で動きを止めたバジリスクが、ヴィクターの放った火魔法により、一瞬で灰と化したところだった。

村に甚大な被害をもたらした強力な魔物の最期に、ラッセルと共に額の汗を拭っていた武装した村人たちも、こぞって歓声をあげていた。

不安と恐れに揺れていた村人たちの顔が綻ぶ様子に、ヴィクター、アマリリスとラッセルも嬉しそうな笑みを浮かべている。

ひと息入れたラッセルは、ヴィクターとアマリリスを見つめた。

「シュヴァール王国に来ていただいてから、このひと月ほどで、両手でも数え切れないほど村々を巡りましたが。無理を押して民を救ってくださって、ありがとうございます」

「いえ。これも、ラッセル様が人々の窮状を救いたいと願って私たちに声をかけてくださったからです」

　喜ぶ村人たちの姿を眺めて、ラッセルが再び目を細める。

「彼らに笑顔が戻ってきたのは、ひとえにおふたりのおかげです。バジリスクの毒で苦しんでいた者や、睨まれて石化しかかっていた者も、アマリリス様に助けていただきましたし。……でも、さすがにおふたりとも疲れが出ていらっしゃることでしょう」

　アマリリスはヴィクターと目を見交わすと、首を横に振った。

「いいえ、ラッセル様ほどではありません。ラッセル様は私たちが来る前から苦しむ人々を支えていらしたのですから」

「戦力としては、僕などおふたりの足元にも及びませんよ。……アマリリス様は、ヴィクター様のもとで随分と腕を磨かれたのですね。おふたりの息の合った魔法は、流石と言う他ありませんから」

　微笑んだラッセルが、遠慮がちに続ける。

「申し訳ありませんが、もう少しだけお付き合いいただくことはできますか？」

「はい、もちろんです」

「次に向かう町では、魔物の目撃情報は多いものの、これまで訪れた村々に比べたら、目立った被害は出ていません。王都からもさほど距離はなく、それなりに大きな宿もあるので、多少なりとも身体を休めていただけるかと思います」

アマリリスは、彼の言葉に内心ではホッとしていた。いくら聖女の杖があるとはいえ、身体にまったく負担がかからないというわけではないからだ。ラッセルに心配をかけないようにと思ったアマリリスではあったけれど、次第に疲労が溜まってきていた。そんな彼女を気遣って、ヴィクターが幾度も回復魔法をかけてくれてはいたものの、いくら優れた魔法でも癒し切れない疲れが、少しずつ彼女を蝕んでいた。

馬車に乗り込んだヴィクターが、隣に座る、顔色の優れないアマリリスを見つめて眉尻を下げる。ラッセルは、ふたりとは別の馬車に乗り、彼らが乗った馬車を先導していた。

「あまり無理をしないでください。疲労が身体に堪《こた》えているのではありませんか？」

「いえ、それならヴィクター様の方が心配です。あれほどの威力の魔法を使い続けているのですから」

「私なら大丈夫ですよ。貴女の方がよほど心配です。辛いと感じたなら、遠慮なく言ってくださいね？　ラッセル様にも相談しますから」

「お気遣いありがとうございます」

ヴィクターの温かな腕に抱き寄せられて、幸せそうに彼女の頬が色づく。一番癒されるのはヴィクターの腕の中だとアマリリスは感じていた。

馬車の中、うとうととしていたアマリリスにヴィクターが声をかける。

「着きましたよ。……すみません、起こしてしまいましたか？」

「いえ、大丈夫です」

目を擦ってから身体を起こしたアマリリスを、ヴィクターがジッと見つめる。

「やはり、疲れが出ているのでしょうね。部屋まで貴女を抱き上げて運んでも？」

本気か冗談かわからない彼の言葉に、アマリリスは慌てて口を開いた。

「い、いいえ！　ちゃんと歩けますから」

優しく笑ったヴィクターに手を借りて、アマリリスが馬車を降りる。

宿の主人にふたりが案内されたのは、扉続きになった、隣同士のふたつの部屋だった。ラッセルに用意された部屋は、彼らのひとつ下の階だ。

「ごゆっくりお寛ぎください」

頭を下げた宿の主人の前で、ヴィクターはアマリリスに向かって微笑んだ。

「しっかり休息を取ってください。でも、なにかあれば、いつでも声をかけてくださいね」

「はい、ありがとうございます」

どこか名残惜しく思いながら、アマリリスはヴィクターと別れて部屋に入った。杖と荷物を置いたアマリリスが、調えられた柔らかなベッドに倒れ込む。

(自分で思っていた以上に、疲れが出ていたみたいだわ)

目を瞑ったら、そのまま眠りに落ちてしまいそうだった。意識が薄らぎかけていたアマリリスの耳に、ドアがノックされる音が響く。

（誰かしら？）

どうにか身体を起こしてドアを開けると、宿の制服を着た使用人が立っていた。

「アマリリス様、ラッセル様がお呼びです」

「ラッセル様が？」

「はい、アマリリス様にお話ししたいことがあると。……ラッセル様のお部屋までご案内いたします」

（どんなご用件なのかしら）

不思議に思いながら、アマリリスは、使用人に案内されるままに階下の部屋に入った。

「ラッセル様……？」

アマリリスは部屋を見回したけれど、そこにラッセルの姿はなかった。困惑気味に、使用人を振り向こうとした彼女の口元に、背後から布が押し当てられる。

（これは……!?）

薬のような匂いを感じながら、アマリリスは必死に身体を捻った。宿の使用人を装っていた何者かと揉み合ううちに、彼女の胸にかかっていたロケットの鎖がぷつりと切れ、ロケットが床に転がる。

こらえ切れないほどのめまいを覚えた直後に、アマリリスは意識を手放した。

＊＊＊

「ネイト様！　早く私をここから出してください」

カルラは、彼女にあてがわれた部屋を訪れたネイトに、必死に縋っていた。そこは牢屋でこそなかったけれど、王宮の半地下にある窓もない閉鎖的な場所だ。二度目のライズ王国への侵攻以降、偽聖女と呼ばれたカルラは、その部屋に閉じ込められていた。

「私、気が狂いそうです。今が朝か夜かもわからないのですもの」

「まあ落ち着け、カルラ」

ネイトが彼女を見つめる。

「あの聖女の杖がアマリリスに渡ってから、君にどんな汚名が着せられているか知っているだろう？」

「私、なにも悪いことはしていませんわ」

瞳を潤ませて上目遣いにネイトを見上げたカルラに、彼は淡々と言った。

「君は、君こそが本物の聖女だと言ったな。なら、聖女の杖がアマリリスのもとに飛んでいったことはどう説明するんだ？」

「そんなこと、私にもわかりません。でも、ネイト様だって、杖が私の前で眩く光った様子を見ていらして、私が聖女だとおっしゃったではありませんか」

不服そうに頬を膨らませた彼女に、ネイトは尋ねる。

「では、アマリリスに殺されかけたというのは？」

一瞬言葉に詰まってから、彼女は続けた。

「それも本当ですわ。私が嘘をつくとでも？」

ネイトが小さく溜息を漏らす。

「このシュヴァール王国に現れた歴代の聖女たちがどのような人物だったのか、残っている古い書物をすべて調べさせた。聖女と呼ばれた女性は誰もが皆、弱い民を助けることに心血を注ぎ、たとえ敵を前にしてもその命を奪うような行いは忌避したそうだ」

「それがなんだっていうのです？」

「敵として対峙した俺や君にも、アマリリスは攻撃魔法を直撃させることなく、あえて外した。シュヴァール王国軍の威嚇に使っただけだ。もしもあの魔法が俺たちを正面から襲っていたなら、俺たちは死んでいたか、少なくとも再起不能になるくらいの大怪我は負っていたはずだ」

「……言いたいことを、はっきりとおっしゃってはいただけませんか？」

苛立った様子のカルラを前に、ネイトは苦笑した。

「つまり、容赦なく敵に攻撃魔法を放った君は聖女たりえない。そして、本物の聖女であるアマリリスが、君を殺そうとするはずがないということだ」

「そんな……！」

顔を強張らせたカルラの肩に、彼は宥めるように手を置いた。

「君をここに匿っているのも、君を守るためだと思ってほしい。もし今、外を出歩いたら、どんな辛辣な批判を浴びるか、誰に攻撃されるか、わかったものではないぞ」

「……もし、本当に私を守るためだというのなら、どうして私にこんな物を？」

彼女は憤りながらその腕をネイトに差し示した。細い手首には、変わった文字の彫られた金色の腕輪が嵌められている。

「魔法を封じるこの腕輪を、どうして私に嵌める必要があるのです？　これでは、囚人と変わらない……いや、囚人以下ではありませんか」

その腕輪は、牢の中の囚人にさえ滅多に嵌められることのない代物だった。

カルラの魔法は強力であったが故に、その魔法を封じて、彼女が逃げ出せないように嵌めているのだ。

「それはシュヴァール王国に伝わる、貴重な宝物だ。残された数も少ない、稀少価値の高い物だぞ」

「いくら宝物だからって、こんなもの、いりません！」

大声で喚き散らしながら、嵌められた者では外すことのできない腕輪を引っ張り、涙を流すカルラを、ネイトは冷ややかに見つめた。

（こんなヒステリックな女、俺は御免だ）

かつては誰より魅力的に見えたカルラの顔も、その目は今や血走り、口元は怒りに歪んでいる。仮面が剥がれた後の苛烈な本性を目の当たりにするたびに、ネイトは彼女に幻滅していった。

本物の聖女だったアマリリスを、偽聖女として追い出す元凶となったカルラと彼の婚約は、速やかに解消された。

（隠れてカルラを俺の愛人にすることも、考えないではなかったが。もう、そんなことを検討する必要もないな。それに……）

彼の顔に、自然と笑みが浮かぶ。

（もうすぐ、アマリリスが俺のものになるのだから）

自分には向けられたことのなかった、ヴィクターを見つめる時の彼女の信頼に満ちた視線や花咲くような笑顔を、ネイトは思い出していた。

それは、氷の聖女と呼ばれていた、無表情だったかつてのアマリリスからは想像もつかない活き活きとした魅力に溢れる姿だった。そして、美しさにもさらに磨きがかかった彼女を目にしたネイトは、悔しさと共に、もともとは自分が手にするはずだった彼女を欲する気持ちを抑え切れずにいたのだ。

アマリリスを強引に組み敷くことを想像するだけでも、彼の気分は高揚した。

ネイトが、カルラの監視に当たっている兵士の耳に囁く。

「これ以上喚き散らすようなら、牢に移せ」

兵士が頷いたことを確認すると、ネイトは部屋の扉へと向かった。

「ネイト様！　私を置いていかないでください‼」

半狂乱になって泣き叫ぶカルラを振り返ることなく、ネイトは部屋を出ていった。

第九章　囚われの身

ヴィクターの部屋のドアが、外からノックされた。彼が返事をすると、ラッセルがドアの陰から顔を覗かせる。

「ヴィクター様、そろそろ夕食の時間だそうです」

「わかりました」

椅子から立ち上がったヴィクターに、ラッセルが尋ねる。

「アマリリス様の部屋のドアも叩いたのですが、返事がなかったのです。どこかに出られているのでしょうか……なにか聞いていらっしゃいますか？」

「いや、特になにも聞いてはいませんが……」

ヴィクターは不思議そうに返すと、アマリリスの部屋に繋がる扉を叩いた。

「アマリリス、いますか？」

彼の問いかけにも、しんとしたまま、隣室からはなんの返事もない。怪訝な表情でラッセルと目を見合わせたヴィクターは、再び扉越しに呼びかけた。

「扉を開けますよ、いいですか？」

結局声が返ってこないまま、ヴィクターは静かに扉を開けた。アマリリスのいないがらんとした部屋に、ふたりが足を踏み入れる。

辺りを見回したヴィクターの目に、置かれたままになっているアマリリスの鞄が映る。ただ、聖女の杖は部屋のどこにも見当たらなかった。

（なんだか妙だ）

虫の知らせに、ヴィクターは落ち着かない思いでラッセルを見つめた。

「アマリリスがこの宿から出るとも思えませんし、もし出るなら私にひと声かけてくれると思うのですが。宿の中を捜してきます」

「僕も行きます」

結局、ふたりで宿中を捜し歩いたものの、アマリリスの姿はどこにもなかった。ヴィクターとラッセルは、宿の主人にもアマリリスのことを尋ねたけれど、彼は首を捻った。

「私も、アマリリス様をお見かけしてはおりませんね」

「他になにか、変わったことなどありませんでしたか？」

「アマリリス様に関係があるかはわかりませんが……」

彼は、鎖の切れたロケットをポケットから取り出した。

「宿泊客がいないのにドアが開いたままになっていた部屋があり、不審に思って入った使用人が見つけたものです。先ほど、私のもとに届けられました」

「……これは、アマリリスがいつも身に着けていた、彼女の母君の形見であるロケットです」

息を呑んだヴィクターとラッセルの顔から、血の気が引いていく。

（やはり、彼女の身になにかが起きたんだ）

ヴィクターにロケットを手渡した宿の主人が、腕組みをしながら再び口を開く。

「そういえば少し前に、この宿の前から随分と急いで一台の馬車が出発していったのです。かなりの速さで走り去っていったので、何事かとは思ったのですが」

「その馬車は、どちらの方向へ向かったのでしょうか。なにか馬車に特徴は？」

「王都に向かって伸びる太い道を走っていきましたが、それ以上はわかりませんね。馬車も、どこにでもあるような普通の馬車でしたよ」

ロケットを握りしめたヴィクターは、険しい顔で唇を噛んだ。

（こんな時、ロルフがいてくれたなら……）

ロルフなら、悪意あるなにかがアマリリスに近付いたなら、その足跡にきっと気付いたに違いなかった。もどかしい思いをこらえて、ヴィクターが風魔法を身に纏わせる。

「私は、馬車が向かったという方向に行ってみます。ラッセル様には、なにか思い当たる節はありませんか？」

「そう言えば……」

彼は思案げに口を開いた。

「ヴィクター様とアマリリス様と一緒に、魔物に襲われた村々を回っている時、誰かに盗み見られているような感覚を覚えることがあったのです。その時は気のせいかとも思ったのですが、我々を監視する可能性がある人物というと」

「ネイト王太子か」

ラッセルはヴィクターの言葉に頷いた。

「もし、監視の日が我々にあったとしたなら、我々の動向も把握されていたのかもしれません」

苦しげに項垂れたラッセルに、ヴィクターが告げる。

「ラッセル様、私は王都の中心にある王宮に向かいます。ネイト王太子の手の者がアマリリスを攫ったなら、彼女は王宮へと連れていかれる可能性が高い。あの場所なら、外部の者が容易には手出しできませんから。ですが、これはあくまで想像の話です。ラッセル様はここに留まって、アマリリスが見つかったら、または彼女の足跡がわかったら連絡していただけますか？」

「わかりました」

ラッセルの返事を聞きながら宙に浮かび上がったヴィクターは、目にも止まらぬ速さで、風を切って王宮へと向かった。

アマリリスを捜して王宮の上空へと辿り着いたヴィクターは、焦る気持ちを押さえていた。

宿屋の主人に聞いた道を急いで追いかけたものの、それらしき馬車を道中で見つけることはできずにいたからだ。

彼は、光魔法の一種である目眩《めくら》ましの魔法を纏って姿を消すと、王宮前にある馬車が並んで止められている場所へと近付いた。そこには、王家の紋章の刻まれた立派な馬車に混じって、ありふれた小型の馬車が一台止められている。

明らかに一台だけ違和感のある馬車に、ヴィクターは確信に近い感覚を抱いていた。

（アマリリスはきっと、この王宮のどこかにいる）

風魔法で上空に昇って王宮全体を見下ろしたヴィクターは、ふとあることに気付いた。王宮の離れにあるこぢんまりとした建物の警備が、そこだけ随分と厚いのだ。監視のようにも思われる兵士たちを、彼は不審そうに見つめた。

（あの離れには、なにかがあるのだろうか。アマリリスは、あの場所にいるのか？）

下降して建物に近付いたヴィクターは、監視の兵士に気付かれぬまま、音もなく建物の中へと滑り込んだ。

そこで目にした意外な人物に、ヴィクターの目が見開かれる。

（どうして、彼が監禁同然でこのような場所に……？）

離れの中に置かれているベッドの上には、足を鎖で繋がれたシュヴァール王国の国王が横たわっていた。

「国王陛下。貴方様が、なぜこんなところに……」

魔法を解いて姿を現したヴィクターは、すぐに国王の足に繋がれていた鎖を切った。

病弱な国王は、ネイトにほとんど国を任せるようになり、表舞台に上がる機会は少なかったけれど、ヴィクターは以前、彼と言葉を交わしたことがあった。温厚で民のことを一番に考える彼に、ルキウスもヴィクターも尊敬の思いを抱いていたのだ。

国王は驚いた様子ではあったけれど、ヴィクターの姿を認めて微笑んだ。

「ありがとう。……誰より先に、隣国から来た君が私を見つけてくれるとはな」

彼のベッドの横で、視線を合わせるようにヴィクターは跪いた。

「お怪我はありませんか？　いったい誰がこんなことを……」

「私の愚息だよ」

国王が深い溜息をつく。

「貴国に攻め入ろうと鼻息荒くしていた彼を、私が窘めようとしたことが引き金になったようだ。既に国政に関する権限の多くを委譲していたこともあり、私が物申せぬように動きを封じることも、そう難しくはなかったのだろう。残念だが、育て方を誤ってしまったようだな」

「そんなことが……」

ヴィクターが口を開きかけた時、建物の外側から声が聞こえ、足音が近付いてきた。

「中から話し声がしないか？」

「本当か？　この中には、陛下おひとりしかいないはずだが」

ドアが開き、中に足を踏み入れた兵士たちの身体が、風で軽々と宙に舞う。壁に叩きつけられて気を失った彼らはずるずると床に滑り落ちた。

大きな音に気付き、異変を察知して駆け込んできた兵士たちも、ヴィクターがすぐさま風魔法で跳ね除ける。

一様に気絶して床に転がる彼らを眺めて、ヴィクターが呟く。

「多少手荒な真似をしてしまいましたが、仕方ありませんね」

「彼らは息子の息のかかった者たちだ。一歩外に出れば、私がこのような状況にあったことを知らずにいた者が大半だろう。……すぐに息子を捕らえねばなるまい」

暗い顔で呟いた国王は、ヴィクターを見つめた。

「どうして、君はここに?」

厳しい表情でヴィクターが答える。

「実は、アマリリスが攫われて、この王宮に連れてこられたようなのです」

これまでの経緯を端的にヴィクターが伝えると、国王の顔がみるみるうちに険しくなった。

「それも愚息が謀ったことだろうな。……すぐに彼女を捜し出せるよう、手を尽くそう」

ヴィクターは足元が覚束ない国王に手を貸すと、離れから王宮へと向かった。

久し振りに目にする国王の姿と隣に並ぶ見かけないヴィクターの顔に、幾人もの王宮勤めの兵が心配そうに駆け寄ってくる。

「陛下、お身体は大丈夫なのですか？」

「体調をひどく崩されていて、一部の者しかお目にかかることも難しいと伺っていましたが……」

「それは私を陥れるための、ネイトによる作り話だ」

国王は、彼の身に起きたことを簡単に話し、離れに倒れている兵士たちを拘束するよう彼らに告げると、ヴィクターを見つめた。

「アマリリスを見つけたら、必ず無事に保護すると約束しよう。君も自由にこの王宮内を捜してくれて構わない。ネイトを捕らえるよう、そして君が自由に動けるように指示を出しておくよ」

「ありがとうございます」

ヴィクターは国王の肩を兵士のひとりに預け、アマリリスの姿を見た者がいないかを尋ねたけれど、皆戸惑ったように首を横に振る。

歯噛みするような思いを抱えて、ヴィクターは王宮の内部へと駆けていった。

＊＊＊

「ん……」

痛む頭を抱えてアマリリスが目を覚ますと、横からネイトの声が聞こえた。

「目を覚ましたか、アマリリス」

「ネイト……様？」

青ざめた彼女は、自分のいる状況が理解できないまま目を瞬いた。どうやら、ベッドの上に寝かされているようだ。逃げようと上半身を起こした彼女だったけれど、片足がベッドに鎖で繋がれていることに気付いて凍りつく。右の手首には、見たことのない金色の腕輪が嵌められている。

「私、どうしてここに？」

「君に迎えをやったんだ。自分からは俺のもとに来てくれなかったからね」

ネイトは、宿の使用人に扮した彼の手先に、アマリリスを攫わせていたのだった。ベッドサイドに腰かけてアマリリスを見つめた彼は、彼女の頭を撫でると、その銀髪を指先でさらりと梳いた。美しい顔をしたネイトではあったけれど、今までにないほど優しい彼の手つきとその薄い笑みに、アマリリスの背筋はぞわりと粟立つ。

「……なんのために、ですか？」

恐る恐る尋ねた彼女に、ネイトが微笑む。

「決まっているじゃないか。君に、この国の将来の王妃になってもらうためだよ」

硬い顔で、アマリリスがネイトを見つめる。

「そのお話は、お断りしたはずです。それに、ネイト様は、妹のカルラを選んだではありませんか」

「あれは、カルラに謀られ、騙されたからだ。君が偽聖女だというカルラの言葉を信じてしまったことは、心から謝るよ。……妬いていたのかい？」

ふっと笑みをこぼしたネイトに、彼女は気持ちの悪さを感じながら首を横に振った。

「違います。もう、私を解放していただけませんか」

アマリリスの言葉に、ネイトの視線が鋭くなる。ぎしりとベッドを軋ませて、さらにアマリリスのそばへと近付いた彼は、指先ですっと彼女の顎を持ち上げた。

「君は、もう少し自分の立場を自覚した方がいい」

こくり、と恐怖に彼女の喉が鳴る。ネイトは続けた。

「アマリリス。君は、聖女として認定されたあの日から、俺の妻となり、このシュヴァール王国を守るために日々研鑽を積んできたはずだ。誤解もあったが、それはどうか水に流してほしい。俺は君に、自分の意思でこの国に戻ってきてほしいんだ」

「けれど、こんなやり方、脅迫まがいではありませんか」

「他に手段がなかったから、仕方なくね」

アマリリスを、彼は射るような目で見据えた。

「王妃となれば、君は相応の発言力も得られる。ライズ王国を攻めることなく、友好的な関係を築きたいなら、君の手でそうすればいい」

　押し黙ったまま硬くなっているアマリリスの顎から手を放すと、ネイトは彼女の耳元で囁いた。

「綺麗になったね、君は」

　アマリリスの身体に悪寒が走る。青い顔で、思わず後方にじりと後退った彼女は、必死にネイトを見つめた。

「私が以前、この国を将来守れるようにと努めていたことは確かです。けれど今、私には、ただひとり想う方がいます。どんな理由があっても、ネイト様のもとに戻る気はありません」

「そうか、残念だな」

　ネイトが小さく息を吐く。

「なら、力づくで君を俺のものにするまでだ」

　激しい熱と情欲の色が浮かんでいる彼の瞳を見て、アマリリスは全身から血の気が引くのを感じていた。彼に押し倒されながらも、震える声で防御魔法を唱える。けれど、彼女の魔法が発動することはなかった。

（そんな……！）

　アマリリスの動揺を見透かしたかのように、ネイトがにっと笑う。

「君の腕には、魔法の効果を失くす腕輪を嵌めている。どう頑張ったところで、魔法は使えないよ」

アマリリスは腕輪を外そうと試みたけれど、腕輪はびくともしなかった。さらに、なにかを探すように辺りを見回した彼女に、彼が畳みかける。

「生憎だが、聖女の杖は別室に保管している。君が身を守る術は、もうないということだ」

瞳に絶望の涙を浮かべるアマリリスを見下ろしながら、ネイトはぞくぞくと嗜虐的な快感を覚えていた。

「そんな顔をする君もかわいいよ。……はは、君が奪われたと知ったなら、あの魔術師の男はどんな顔をするのだろうな。暴かれた身体では、もうあの男のもとに戻ることもできまい」

激しく抵抗しながら、彼女は心の中で叫んだ。

(ヴィクター様、助けて……！)

ネイトにのしかかられ、両腕を押さえつけられていたアマリリスは、どうにか逃れた片手で、胸元にひとつだけ残されていたヴィクターとロルフと揃いのペンダントをギュッと握った。

「アマリリス、こっちを向け。俺の顔を見ろ」

涙に滲む視界に、彼の顔が迫ってくるのを感じて、アマリリスは必死に抵抗して顔を横に向けた。けれど、彼の手で無理矢理に顔の向きを変えられ、向き合った彼の顔が近付いてくる。

(……嫌！)

ネイトの唇が彼女の唇に触れそうになった時、ネイトの身体に衝撃が走り、彼は宙を舞いながら後ろに吹き飛ばされた。

悔しげに床から起き上がったネイトが、アマリリスを睨みつける。

「今、俺になにをした？」

（きっと、ヴィクター様が防御魔法を込めてくださった、このペンダントのおかげだわ）

彼女は、胸元の赤い宝石が嵌められたペンダントを掌に握りしめていた。

立ち上がり近付いてきたネイトが、彼女の掌をこじ開ける。

「こんな妙なものを持っていたのか」

ネイトは鎖を引きちぎると、ペンダントを奪って放り投げた。再び絶望に襲われながらも、アマリリスは心の中で祈っていた。

（精霊様、どうか力を貸してください）

その頃、鍵のかかった王宮奥の宝物庫の中では、聖女の杖を彩る竜の瞳が赤く輝き、杖全体が銀色の光を放ち始めていた。ゆっくりと動き出した杖は、竜へとその姿を変えていった。

＊＊＊

「アマリリス！　いませんか？」

ヴィクターは大声で彼女の名前を呼びながら、王宮内を走っていた。国王のおかげで、王宮勤めの者や兵士たちも彼に力を貸してくれてはいたものの、一向に彼女が見つかる気配はない。

「ネイト王太子の部屋は、どこですか？　彼の部屋にいる可能性は？」

尋ねた彼に、兵士のひとりが首を横に振る。

「空室でした。ネイト王太子殿下は、ご自分の部屋にはいらっしゃいません」

「いったい、彼女はどこに……」

ヴィクターが唇を噛む。彼には、アマリリスが王宮に来たのなら、ネイトが既に彼女のそばにいるように思われた。

焦る彼の耳に、突然爆発音のような轟音が鳴り響く。王宮の床を揺らすほどの衝撃に、ヴィクターの周りにいる人々も戸惑いを隠せずにいた。

「宝物庫だ！　何者かに、宝物庫が破られたぞ」

悲鳴混じりの叫び声にヴィクターが思わず立ち止まったその時、銀色に光り輝くなにかが目にも止まらぬ速さで飛んできたかと思うと、彼の目の前に舞い降りた。その赤い瞳に見つめられ、ヴィクターは目を瞠る。

「これは……」

ヴィクターの視線の先には、美しい銀色の竜がいた。訴えかけるようなその赤い瞳を見つめ返すと、すぐさま身体に風を纏わせたヴィクターは、竜に導かれながら、王宮の廊下を滑るように飛んでいった。

＊＊＊

恐怖に身を竦めながらも抵抗をやめないアマリリスを、ネイトは再び乱暴に組み敷いた。瞳に怒りを滲ませた彼女の両腕を力づくで押さえつけ、薄い笑みを浮かべる。

「昔の従順すぎる君よりも、今の君の方が魅力的だよ」

どこか楽しげなネイトに、ぞっと身の毛がよだつのを感じながら、アマリリスは掠れた声で叫んだ。

「ヴィクター様……！」

「叫んだって無駄だ、ここには誰も来ないさ」

そこは、以前カルラを閉じ込めていた半地下の部屋だった。窓もないので、中の声が外に漏れる可能性も低い。カルラがその後、牢に身柄を移されたことから、ネイトはアマリリスをその部屋に運ばせたのだった。

アマリリスの腕から離した片手を服にかけたネイトは、そのまま力を込めて引き裂いた。アマリリスの服の胸元から肩の辺りまでが、びりっという激しい音と共に破れる。はだけかけた肌を庇うように、彼女はどうにか彼から逃れた片手で、服の胸元をギュッと押さえた。

「やめてください！」

青い顔をしたアマリリスを眺めてネイトが笑みを深めた、その時だった。ドンと大きな衝撃音が部屋の外から響き、部屋全体が揺れる。

「……なんだ？」

舌打ちをしたネイトが、音が響いてきた方向にある部屋のドアと、アマリリスを見比べる。しばし口を噤んでいたが、苛立った様子で息を吐いた彼は、立ち上がってドアに向かって歩いていった。慎重にドアを開き、外の様子を確かめる。

「緊急の問題はなさそうだな」

ネイトは、再びドアを閉じるとアマリリスのもとに戻ってきた。身体を起こしていたアマリリスをぎしっとベッドを軋ませて押し倒し、両手を彼女の顔の両脇につく。彼は服の前を必死でかき合わせているアマリリスを見下ろすと、恍惚とした表情を浮かべて彼女の頬を撫でる。

「その表情、たまらないな」

「……！」

さらに、アマリリスの顔が今にも泣き出しそうに歪むのを、ネイトは笑みを溢しながら見つめた。

第十章　光差す未来へ

「そろそろ降参したらどうだ」

首を大きく横に振る彼女を、まるで獲物を追い込んだ肉食獣のような瞳でネイトが眺め、再び彼女に向かって手を伸ばしかけた時だった。

部屋のドアが勢いよく開き、眩い光に部屋が包まれる。

「……!?」

咄嗟に目の前に手をかざしたネイトの瞳が、光の出所を捉えて大きく瞠られた。彼の頭上には、真っ赤な瞳に怒りを滾らせた銀色の竜が舞っていたのだ。

そして、風を切るように部屋に入ってきたのは、銀色の竜だけではなかった。

「アマリリス‼」

ずっと聞きたいと願っていた声に、アマリリスの声が震える。

「ヴィクター様……」

すぐにアマリリスの隣に舞い降りたヴィクターは、彼女の足の鎖を粉砕して抱き上げると、力強く抱きしめた。ヴィクターの胸に顔を埋めたアマリリスの目から、涙が溢れる。

アマリリスの破れた服を見て、ヴィクターはすぐに自らの上着を彼女の肩にかけ、射殺しそうな瞳でネイトを見つめた。

「アマリリスに、なにをした」

突然の竜とヴィクターの出現に、ネイトが顔色を失う。

(まさか、こんな場所にまで侵入してくるなんて)

王宮でも奥まった部分にある部屋まで、なぜヴィクターが辿り着くことができたのか、ネイトにはわからなかった。

(それに……)

ネイトが目の前に浮かぶ銀色の竜に視線を移す。

(あれは聖女の杖の化身なのか？　あの杖は、厳重に管理されている宝物庫の奥にしまっておいたはずなのに)

目の前に浮かぶ銀色の竜にどれほどの力があるのかを推し量ることはできない。

少なくとも、ヴィクターひとりだけでも、真正面から対峙してはいけない力の持ち主だということを、彼は理解していた。

ヴィクターはアマリリスを背に庇いながら呪文を唱えると、怒りに燃える目でネイトを睨みつけた。激しい冷気がヴィクターの手元を覆い、鋭い氷の刃が幾つも浮かび上がる。ヴィクターの魔法のせいか、それとも激昂した彼の凍てつくような表情のためか、部屋の温度が一気にすうっと下がったように感じて、ネイトの背中を冷や汗が伝う。

（このままでは、まずい）

ヴィクターの攻撃を防ごうと、ネイトはすぐさま火魔法を唱えると、手に纏わせた炎を氷の刃に向けて放った。けれど、氷の刃は解けるどころか、何事もなかったように炎の中を突き抜けて彼の目前に迫ってくる。

（くそっ、なんて魔力なんだ）

ネイト自身、シュヴァール王国では五本の指に入る実力を持つと言われる魔術師だ。にもかかわらず、ヴィクターの魔法には想像以上に歯が立たないことに、実力の違いをまざまざと思い知らされる。恐怖に全身から血の気が引き、ネイトの顔が歪んだ。

氷の刃の尖った切先を首元に突きつけられ、ネイトは開いたままのドアに向かって後退った。

ヴィクターが、青白い顔で慄くネイトに迫る。

「私の大切なアマリリスになにをしたのかと、そう聞いているのです」

「ぐっ。それは……」

ネイトは言葉に窮していた。仮に正直に答えたとしても、さらにヴィクターの逆鱗に触れるだけだと、彼も当然理解している。

部屋の前の人払いをしていたことが、かえって仇になったと悔やんでいたネイトの耳に、兵士たちの声と、近付いてくる足音が響く。

「この奥から声が聞こえたぞ」

先刻轟いた爆発音に、異変を確かめに近くまで来ていたのか、兵士たちがやってくる確かな気配に、ネイトは安堵にホッと緊張が緩むのを感じた。

（ここは、シュヴァール王国の中心である王宮だ。俺にとっては味方しかいない。彼らが来るまで凌げば、俺の勝ちだ）

いくらヴィクターが天才と呼ばれる隣国の筆頭魔術師だとしても、王宮には圧倒的な数の兵士がいる。さすがに、これほど不利な場所で、ただひとり乗り込んできた彼に勝つ可能性があるとは思えない。

他方、銀色の竜から放たれる光は次第に淡いものに変わり、アマリリスの手元で聖女の杖へとその姿を戻していた。

追い詰められ取り乱していたネイトに次第に落ち着きが戻り、ヴィクターの問いに答える代わりに彼を睨みつける。

「俺は、このシュヴァール王国の王太子だ。少しでも俺に手を出してみろ。一時休戦中のライズ王国のお前から攻撃されたとあらば、休戦を取り下げて総攻撃をかけるぞ」

ヴィクターからの返事を待たずして、ネイトの目に、部屋の前まで辿り着いた兵士たちの姿が映る。

ようやく余裕を取り戻した彼は、ヴィクターを指差すと兵士たちに命じた。

「侵入者だ。捕えろ」

兵士たちの冷ややかな視線が、ヴィクターではなく自分に向けられていることにネイトが気付くまで、しばらくの時間がかかった。動かない兵士たちに、ネイトが語気を荒らげる。

「なにをしている⁉　早く侵入者を……」

「捕らえられるべきはお前の方だよ、ネイト」

部屋の外に現れた者の姿に、ネイトの顔がまるで幽霊でも見たかのように青ざめる。

そこには、ふたりの兵士に両側から抱きかかえられるようにしながら歩いてきた、痩せ衰えた国王の姿があった。

「父上、どうしてここに……」

口の中がからからになるのを感じながらネイトが呟く。彼の周りは、既に兵士たちに取り囲まれていた。

国王は厳しい瞳をネイトに向けた。

「まさか、息子のお前に謀られるとはな。私を幽閉するだけで、殺そうとはしなかったことは、まだお前にも人の心が残っていたのだと、そう思いたいが……」

溜息をついた国王が、再びネイトを見つめる。

「お前を廃嫡とする。……ネイトを捕えろ」

国王が兵士たちに視線を移すと、彼らはすぐにネイトを両脇から押さえ込んだ。ネイトが父に向かって悲痛な叫び声をあげる。

「父上、あなたには、俺しか子供がいないではありませんか！　俺を廃嫡にしたのなら、誰が国を継ぐのです？」

昔は自分の訴えの大半を聞き入れてくれた国王だったけれど、ネイトの言葉にも、国王がその表情を変えることはなかった。

「お前は、そんなことを考える必要もなければ、その資格もない。……さあ、彼を牢屋へ」

頷いた兵士たちは、項垂れたネイトを牢屋へと連行していった。

ヴィクターは、震えているアマリリスを見つめた。

「もう大丈夫ですよ」

そっとアマリリスを抱きしめた彼の視線が、ネイトに押さえつけられ、大きな痣ができていた彼女の腕に移る。

「……奴になにをされたのですか？」

怒りを滲ませたヴィクターの瞳を、アマリリスが見上げる。

「襲われそうになりましたが……服を引き裂かれただけです。それ以上のことをされる前に、ヴィクター様が助けにきてくださいましたから」

悔しそうに、ヴィクターがギュッと唇を噛む。

「華奢な腕に、こんなひどい痣まで……。間に合ったと言えるのかどうか。迎えにくるのが遅くなり、すみませんでした」

ネイトが連行されていったドアの方向に、ヴィクターは鋭い視線をやった。

「もし彼が牢に入れられることを知らずにいたなら、私は彼をこの場で八つ裂きにしていたかもしれません。ところで……」

ヴィクターはアマリリスを心配そうに見つめた。

「貴女の魔法なら、あの男に十分対抗できる力があるはず。それができなかったということは、他になにかあったのですね？」

アマリリスが、腕に嵌められたままの金色の腕輪に視線を落とす。

「この腕輪で、魔法を封じられていたのです」

「魔法封じの腕輪か……」

ヴィクターが小声で魔法を唱えると、音を立てて腕輪に何本も亀裂が走り、あっという間にアマリリスの腕から崩れ落ちた。

その様子を見つめていた国王が、苦しげな面持ちで口を開く。

「ネイトは、そんなものまで持ち出して、今さら貴女を我が物にしようとしていたのか。……愚息が、大変申し訳ないことをした」

アマリリスに国王が深々と頭を下げる。

「どうぞ頭を上げてくださいませ。国王陛下のせいではありませんから」

ネイトと国王との会話から、アマリリスも、シュヴァール王国でなにが起きていたのか概ね想像がついていた。

「アマリリス、私が言うのもなんだが、あなたが無事でいてくれて本当によかった」

自分がネイトの婚約者だった頃も、いつも優しかった国王の穏やかな顔を見つめて、アマリリスが微笑みを返す。国王はヴィクターに視線を移した。

「ヴィクター殿。早急に、貴国に改めて和睦の使者を送ると約束しよう。……いや、これほどのことを貴国にも、アマリリスにもしておきながら、和睦だけでは足りぬかもしれんな」

「感謝します、陛下」

ようやく表情を和らげたヴィクターは、国王に向かって一礼した。


ヴィクターとアマリリスは、連絡を受けて王宮に来たラッセルに見送られながら、ライズ王国へと向かう馬車に揺られていた。

歓迎の意も込めて、王宮に留まっていくようにとシュヴァール王国の国王から勧められたふたりではあったけれど、すぐに国に帰ることを選んだのだ。

アマリリスの隣に並んでいたヴィクターが、気遣わしげに彼女を見つめる。

「ネイト王太子が――もう王太子ではなくなりましたが――まさかあんなことをするような卑劣な男だとは思いませんでした。怖い思いをしましたね」

ヴィクターがそっとアマリリスの腕を取る。彼の回復魔法で、もう腕の痣は跡形もなくなってはいたけれど、彼の脳裏には、恐怖に身を竦ませ、破れた服を必死で引き上げる、泣きそうなアマリリスの姿がはっきりと刻まれていた。

「ヴィクター様。私を助けに来てくださって、ありがとうございました」

「もっと早く、貴女を助け出せたらよかったのに」

微笑んだアマリリスの腕の、ネイトに掴まれた痣ができていた部分に、ヴィクターは優しく口づけた。ぴくりと彼女の肩が跳ねたのに気付いて、彼が尋ねる。

「……私のことが、怖くはないですか？」

ネイトに力づくで組み敷かれ、襲われかけた恐怖は、ヴィクターにも想像して余りあるものだった。アマリリスに、自分を含む男性に対する拒否反応が出てもおかしくはないと思っていたヴィクターだったけれど、頬を色づかせた彼女は、首を横に振ると彼を見上げた。

「いいえ。ネイト様に触れられた時は、恐怖しか感じませんでしたが。ヴィクター様の手は、優しくてホッとします」

ヴィクターの大きな手を両掌で包んだアマリリスが、彼にそのまま身体を預ける。ネイトに対して覚えた嫌悪感とは正反対の、甘く切ない気持ちが、彼女の胸に自然と広がっていた。

「助けを求めてヴィクター様の名前を呼んだら、本当に来てくださって。貴方様の姿を目にした時は、夢を見ているのかと思いました」

窮地に追い詰められた時、いつも自分を救ってくれるヴィクターのことを、アマリリスは誰より信頼し、そして心から恋い慕っていた。

アマリリスの言葉にこらえ切れなくなったヴィクターが、ギュッと彼女の身体を抱きしめる。

「もう、貴女を離しませんから」

温かな腕の中からアマリリスが彼の顔を見上げると、その美しい青緑色の瞳には隠し切れない熱が籠もっていた。ヴィクターの顔が近付き、アマリリスの唇に彼の唇がそっと重なる。

長く優しい口づけに、アマリリスの胸は激しい高鳴りを抑えられずにいた。

ヴィクターの唇が離れると、彼女は真っ赤に火照った顔のまま、彼を見つめて微笑んだ。

「大好きです、ヴィクター様」

ふっと幸せそうな笑みをこぼしたヴィクターが、再び彼女を柔らかく抱きしめる。

「私も、貴女だけを愛しています」

アマリリスは、ヴィクターの背中にそろそろと両腕を回すと、彼を抱きしめ返した。恥ずかしそうな彼女の表情を見つめたヴィクターが、その耳元で囁く。

「帰国したら、式の準備を始めましょうか。あんまりアマリリスがかわいくて、私も余裕がなくなっているようです。……気が早すぎますか？」

くすりと笑うと、アマリリスもヴィクターを見つめ返した。

「私も、ヴィクター様との結婚式が楽しみです」

花咲くようなアマリリスの笑顔に、ヴィクターの顔にも満ち足りた笑みが広がっていた。

「お帰りなさい、師匠、アマリリスさん！」

屋敷から駆け出してきたロルフに、ヴィクターとアマリリスが微笑みかける。

「ただいま帰りました、ロルフ君」

「留守を預かってくれてありがとう、ロルフ。なにか変わったことはありませんでしたか？」

ロルフはホッとしたようにふたりに笑みを返すと、首を横に振った。

「ううん。ライズ王国は落ち着いていたよ。師匠からもらった手紙を読んで背筋が冷えたけど、アマリリスさんが無事で本当によかった」

アマリリスの失踪からの経緯を、ヴィクターは手紙に綴って、先にロルフに知らせていたのだった。

「師匠の手紙の内容は、ルキウス王太子殿下にも伝えているよ。シュヴァール王国との和睦も、これで無事に結べそうだね」

「そうですね。あの平和を尊ぶ温厚な国王陛下がシュヴァール王国の上に立つのなら、戦の懸念もなくなるでしょう」

ホッと明るく笑ったロルフが、楽しげにヴィクターとアマリリスを見つめる。

「これで、師匠とアマリリスさんの結婚式も、なんの心配もなく挙げられるね。……あれっ？」

彼はアマリリスの胸元からロケットとペンダントがなくなっていることに気付いて、目を瞬いた。

「アマリリスさん。いつも胸にかけていたあのロケットと、僕たちとお揃いのペンダントはどうしたの？」

「ああ、それなら……」

ヴィクターがポケットの中から、それぞれ鎖の切れたロケットとペンダントを取り出した。

アマリリスの顔が、嬉しそうに輝く。

「そのロケットとペンダント、ヴィクター様が持っていてくださったのですね。失くしたかと思っていましたが、見つけてくださってありがとうございます」

「すみません、うっかり返し忘れていました。このロケットは、宿の主人が渡してくれたものです。ペンダントは、貴女が囚われていた部屋の床で見つけました」

ヴィクターから手渡されたロケットとペンダントを、大切そうに掌に載せたアマリリスに、その様子を眺めていたロルフが尋ねる。

「鎖も切れているし、ロケットも少し歪んでしまってるみたいだね。……よかったら、僕、直そうか？」

「えっ、お願いできるのですか？」

「うん！　僕、こういう細かい作業は得意なんだ」

アマリリスはロルフの言葉に微笑んだ。

「ありがとう、ロルフ君。お願いできたら助かります」

「直したらすぐに返すね！」

ロルフは、アマリリスが大事にしてきたことが感じられるロケットとペンダントを受け取ると、彼女に向かって明るく笑った。

「アマリリスさん、ありがとう」

「どうしたんですか、急に？」

不思議そうに首を傾げたアマリリスを、彼はジッと見つめた。

「アマリリスさんがもし、ライズ王国への侵略を持ちかけられた時に反対してくれていなかったら。シュヴァール王国軍を、僕たちと一緒に迎え撃ってくれなかったら。敵軍を追い返した時、敗走する兵士たちを見逃してあげていなかったら。……この国の人間も、そしてシュヴァール王国の人間も、数え切れないほど命を落としていたはずだよ」

アマリリスの背後で、精霊が温かな光を放っているのを感じながらロルフが続ける。

「兵士たちにだって、家族がいる。殺し合いが続き、多くの血が流れれば、たとえ戦が終わっても、禍根はずっと残ってしまう。大事な家族を奪われた悲しみ、恨み、憎しみ――そういった感情は、すぐに消えるものではないから。でも、そんな悲劇を回避できたのは、アマリリスさんがいてくれて力を貸してくれたからだね」

ロルフはもともと、他国で内戦に巻き込まれた戦争孤児だった。命からがらライズ王国に逃げては来たものの、特徴のある耳が気味悪がられ、孤立していたところに、ただひとり手を差し伸べてくれたのがヴィクターだったのだ。

戦争の残酷さや辛さ、苦しみを、彼はよくわかっていた。

ロルフの言葉に、アマリリスは遠慮がちに微笑んだ。

「それは私の力ではなく、私を見守ってくれる精霊様の力と——そして、いつも助けてくださるヴィクター様やロルフ君のおかげです」

アマリリスに寄り添っていたヴィクターが、そっと彼女を抱き寄せる。

「清らかな心を持つアマリリスだからこそ、精霊も貴女を選んだのでしょうね。シュヴァール王国で魔物から貴女が民を救った時にも、その見返りを求めない献身ぶりはまさに聖女そのものでしたから」

人の痛みも喜びも、まるで自分のことのように感じている純粋なアマリリスが、ヴィクターには眩しく見えた。

ロルフの目には、アマリリスとヴィクターを眺めて美しい精霊が優しく微笑む様子が映っていた。

自室に戻ったロルフは、アマリリスから受け取ったロケットとペンダントを早速机の上に置くと、机の引き出しから使い慣れた工具を取り出した。薬を作る時に、植物の実から小さな種子を取り出したり、葉をすり潰したりする時にも利用する便利なものだ。最も細い工具を手に取りながら、彼は吸い寄せられるようにロケットを眺めた。

（あれっ……？）

歪みの生じたロケットは、薄く開きかけていた。ロルフが慎重にロケットを開くと中から銀色の毛束が現れる。アマリリスの髪を彷彿とさせるその毛束からは、娘への強い思いが感じられた。

（これがアマリリスさんの言っていた母君の遺髪か）

アマリリスの話からは、彼女が母を亡くしたのはずっと昔のことのようだったけれど、まるで訴えかけてくるような、アマリリスの身を案じ、幸せを祈る切実な思いは、色褪せずに残っている。

けれど、ロルフの鼻は、その髪からほんのわずかに独特の匂いを感じ取った。

「これって、もしかして……」

ロルフの顔が急に険しくなる。彼の五感は、普通の人間のそれと比べて鋭い。髪から漂うわずかな匂いに混じって感じられる第三者の毒々しい感情に、彼は背筋が寒くなった。

彼は緊張の面持ちで、薬棚の一番端にある瓶を取り出した。小さな瓶に詰められている白い粉薬は、劇薬と呼ばれる種類の薬だった。薬効は高いが、使い方を誤ったり、過剰に摂取したりすると死に至る。

そっとその薬瓶の蓋を開けて鼻を近付けた彼は、口元を引き結んだ。

（やっぱり、同じ匂いだ）

ロルフが、再びアマリリスの母の遺髪を見つめる。

（これは、アマリリスさんに言うべきかな。……まずは、師匠に相談しよう）

彼は急いで薬瓶を棚に戻すと、ヴィクターのもとへと足早に向かった。

＊＊＊

ネイトが廃嫡になってほどなくして、カルラの母であり、アマリリスの義母でもある女性が、薄暗い地下牢にいるカルラの面会に訪れていた。

「カルラ！」

「お母様。私、家に帰りたい……」

以前よりもやつれた娘を前にして、カルラの母はいきり立っていた。カルラとの面会に立ち会っていたラッセルに、彼女が食ってかかる。

「どうして、カルラが牢に入らなくちゃならないの⁉」

ラッセルが、カルラが真の聖女であるアマリリスを陥れたことを説明しても、彼女はまったく納得していない様子だった。

「きっと、カルラはあのネイト前王太子の口車に乗せられただけよ。そうに違いないわ」

シュヴァール王国では、再び民の前に姿を現した国王によって、ネイトの廃嫡とライズ王国との和睦の締結が公にされた。国王を謀ったネイトは、既に投獄され、廃嫡やむなしという目で見られている。国王の後は、優秀と評判で、平和を重んじるところが国王にもよく似た、彼の甥が王位を継ぐ予定で調整が進んでいる。

国内は、混乱が生じるよりもむしろ、ライズ王国との和睦を歓迎するムードに包まれた。聖女アマリリスが身分を隠してライズ王国から訪れ、婚約者である同国の天才魔術師と共に、魔物の被害に苦しむ村々を救ったことも、いつしかシュヴァール王国中に知れ渡っていた。そのことが、ライズ王国と手を結ぶことに対する民の支持をより強固なものにしていたのだ。また、聖女の加護が自国にまで及んでほしいという切実な願いも民の心に存在した。

そんな現状に我慢がならなかったのが、アマリリスの義母だ。

(どうしてあんな子が聖女に祀り上げられて、カルラがこんなことに……)

ぎりぎりと歯噛みするような思いを抱えて、彼女はラッセルに突っかかった。

「ネイト前王太子がアマリリスを偽聖女だと断罪して、カルラを聖女だと主張したのでしょう。カルラがなにをしたっていうの？」

「繰り返しますが、カルラ様はアマリリス様に殺されかけたと彼女に濡れ衣を着せて、危険な魔物の巣窟前に追放させたのです」

「でも、アマリリスは隣国でピンピンしているそうじゃない」

激しい口調の彼女を、ラッセルが視線を鋭くしてジッと見つめる。

「アマリリス様の背中には、古い傷痕がたくさん残っているそうです。……なにかご存じありませんか?」

急に雰囲気が変わったラッセルと彼の口から出た予想外の言葉に、彼女も、そして牢の中にいたカルラも一瞬口を噤んだ。

「……さあ? あの子の背中のことなんて、私は知りませんわ」

「おかしいですね。傷ができたのは、アマリリス様がご実家にいた時期と見られるのですが」

「カルラより出来が悪かったので、彼女に必要な躾はしましたが、それだけです」

冷や汗をかく彼女に向かって、ラッセルが続ける。

「もうひとつ、お伺いしたいのですが」

「なんでしょうか?」

「アマリリス様の実の母君の死因が、毒殺だったことをご存じですか?」

さあっと顔から血の気が引いた彼女は、動揺のあまり思わず呟いていた。

「どうして、それを……」

アマリリスの父に横恋慕し、友人の夫だった彼を寝取った上に、人目を盗んでアマリリスの母に劇薬を盛ったことは彼女しか知らないはずだったからだ。自らの失言に気付いた彼女は、ハッと口元を押さえたけれど、もう後の祭りだった。

「アマリリス様の母君の遺髪から、劇薬の成分が検出されました」

ラッセルが淡々と続ける。

「彼女が天に召されたのと重なる時期に、貴女が同じ薬を手に入れていたことも確認済みです。あとは貴女の言質を取るだけでしたので、これでもう十分です」

彼女がアマリリスの母の死因を知っていたというその事実自体が、彼女が犯人だということを物語っていた。

ラッセルが、彼女の娘への面会にわざわざ立ち会ったのも、彼女から証言を引き出す機会を得るためだったのだ。

「お母様、嘘でしょう……？」

牢の中で母とラッセルの会話を聞いていたカルラも、驚きに目を瞠りながら青ざめている。

「彼女を捕らえろ」

ラッセルの言葉に、控えていた兵士たちがすぐに彼女を両側から取り押さえた。取り乱しながら、カルラの母が喚き散らす。

「目障りだったのよ。あの女も、その娘のアマリリスも！」

連行されていく母の背中を、カルラは呆然と見送った。

シュヴァール王国とライズ王国の間では、その後速やかに和睦が成立した。

「無事にシュヴァール王国との和睦が結ばれて、よかったね」

にこにこと笑うロルフに、ヴィクターも頷く。

「その通りですね。それに、シュヴァール王国の国王陛下が、我が国を攻めた非を認めてくださったおかげで、信じられないほどの好条件で和睦が調いましたし」

シュヴァール王国の国王は、道路整備や治水事業といったライズ王国で隅々まで行き渡っていなかった公共事業に、技術的にも金銭的にも手厚く支援することを約束していた。大昔にそうであったように、まるでひとつの国であるかのように手を携えて、両国の繁栄を目指していくことを、国王は明言したのだ。

「円滑に和睦交渉が進められたのは、シュヴァール王国の国民の支持が得られたことも大きいでしょう。アマリリス、これも貴女がラッセル様の依頼に真摯に応えたおかげです。今や、貴女の人気は大変なものだそうですよ」

ヴィクターの言葉に、アマリリスは微笑んだ。

「私は、ヴィクター様と一緒だったからこそ、あれだけ多くの魔物たちに対処できたのだと思います。ラッセル様も、改めてヴィクター様の魔法に目を瞠っていらっしゃいましたし」

彼はアマリリスを見つめると、穏やかな顔で言った。

「貴女の祈りによって、精霊が私にも力を貸してくださっているからではないでしょうか。貴女がそばにいると、身体の奥底から自然と新しい力が湧き上がってくるような、そんな感覚があるのです」

ロルフが、並んでいるふたりに向かって笑いかける。

「師匠もきっと、精霊に好かれているんだよ」

アマリリスもにっこりと頷く。

「ふふ。私もそう思います」

三人が和やかに談笑していると、ヴィクターのもとに一通の手紙がひらりと舞い降りた。宛名はヴィクター、差出人はラッセルだ。

「ラッセル様からですね」

彼が開いた便箋には、アマリリスの義母がアマリリスの実母の命を奪った罪で投獄されたことが記されていた。

アマリリスが実家で虐待されていたことと、ロルフが気付いたアマリリスの実母の毒殺の可能性は、ヴィクターからラッセルに共有されていた。独自に調査を進めた彼は、犯人がアマリリスの義母に違いないだろうと突き止めた上で、彼女から言質を取ったのだ。

アマリリスの義母が牢から出てくることは一生ないだろうと、手紙はそう締めくくられていた。また、カルラは、牢から出るとしても、それは監視付きで魔物討伐の前線に立つ場合だろうとも書かれていた。

「どうなさったのですか、なにかありましたか？」

深刻な表情で文面に目を落としていたヴィクターに、アマリリスが尋ねる。彼は気遣わしげにアマリリスを見つめると、少しためらってから口を開いた。

「アマリリス。ここには、貴女の母君の死の真相が記載されています。読むかどうかは貴女にお任せしたいと思いますが、どうしますか？」

「えっ……？」

「貴女には、すべてが明らかになってからお伝えしようと思っていました。ロルフが気付き、ラッセル様が突き止めてくださったのです」

思いもよらぬヴィクターの言葉を聞いたアマリリスは、震える手を伸ばすと便箋を受け取った。そして、ラッセルの報告に目を走らせていく。

「お母様……。もし、私が気付けていたなら……」

読み終えたアマリリスの目から、涙が溢れ落ちる。幼かった彼女は、臥せっていた母のそばにずっと付き添っていたのだ。ヴィクターは、彼女の身体をそっと抱き寄せた。

「アマリリスが自分を責める必要は、当然ですがどこにもありません。なにも知らなかった幼い貴女には、防ぎようがありませんでした。母君の死因を知らせることで、貴女を傷つけてしまわないかが心配だったのですが、どうか胸を痛めないでください」

病死だと思っていた母が、後に義母となる女性に劇薬を盛られて他界していたことは、アマリリスには大きなショックだった。けれど、その真相を明らかにしてくれたロルフとラッセル、そして彼女を気遣ってくれたヴィクターに、彼女は心からの感謝を抱いた。

「最近、ヴィクター様とロルフ君が、どこか労わるような瞳を私に向けてくださっていたような気がしたのですが、きっとそのせいだったのですね。無力だった自分に悔しさはありますが、真実を突き止め、知らせてくださって、本当にありがとうございます」

ヴィクターが、アマリリスの身体に回した両腕に力を込める。

「少なくとも、貴女の母君を陥れた彼女も、貴女を謀った妹も、然るべき報いを受けることは間違いありません」

ロルフも、眉尻を下げてアマリリスを見つめた。

「アマリリスさんの母君は、きっと今、空の上からアマリリスさんのことを見守っているよ」

まだ涙の止まらぬまま頷いたアマリリスが、ヴィクターの胸に顔を埋める。彼女の胸元には、ロルフが直したロケットと、三人揃いのペンダントが揺れていた。


その晩、アマリリスは夢を見た。まだ幼い自分に、母が子守歌を歌ってくれている夢だ。夢の中で、とろとろと眠りに落ちそうになっていた彼女だったけれど、眠ってしまったらもう母に会えないような気がして、寂しくなってギュッと母の手を握りしめた。

不安げなアマリリスに向かって母は愛おしそうに笑いかけると、彼女の身体を柔らかく抱きしめた。

『そんな顔をしなくても、大丈夫よ。私は、いつもアマリリスのことを見守っているわ。あなたは私の宝物。いつもあなたの幸せを願っているから――だから、どうか笑顔でいてね』

母の温もりと優しい笑みに安心した彼女が眠りに落ちると、いつしか窓から朝の光が差していた。

（私は夢を見ていたのね）

母の体温までもがはっきりと感じられた印象的な夢に、アマリリスは懐かしく母を思い出しながら窓辺へと歩いていった。たとえ夢の中でも、大好きな母にまた会えたことが嬉しかった。

母の遺髪が入った胸元のロケットを、そっと両手に包み込む。

窓の外には、明るい朝陽が輝いている。温かな陽射しを浴びたアマリリスは、まるで母が天から自分を励まそうとしてくれているように感じられた。

（お母様、天から見てくれていますか？　私は今、大切な人たちに囲まれて幸せです）

目に滲みかけていた涙を拭うと、アマリリスは眩しい朝陽に目を細めながら、胸いっぱいに爽やかな朝の空気を吸い込み、しゃんと背筋を伸ばした。

＊＊＊

「わあっ！　アマリリスさん、とっても綺麗……！」

王宮の控えの間に現れた、純白のウェディングドレスに身を包んだ輝くばかりのアマリリスの姿に、ロルフが感嘆の声をあげた。絹糸のような銀髪は美しく結い上げられ、その胸元と耳元には、ヴィクターから贈られた、ダイヤのネックレスと揃いのイヤリングが眩く輝いている。背中が隠れるデザインだけれど、ドレスの内側に残っていた傷痕も、ロルフの薬のおかげで少しずつ薄くなってきていた。

「ふふ、ありがとうございます。ロルフ君も、とってもカッコいいですよ」

「そうかなあ、ありがとう」

黒いタキシードを身に着けたロルフは、照れたように頭をかいた。

そんなふたりに、後ろから明るい声がかけられる。

「アマリリス、ロルフ」

「師匠！」

ふたりが振り向くと、ちょうどドアから控えの間に入ってきた、銀色のフロックコートを纏ったヴィクターが微笑んでいた。まるで御伽噺から飛び出してきた王子様のような彼の麗しい姿に、アマリリスがほうっと息を吞む。

「本当に綺麗ですね、アマリリス」

ヴィクターに優しく目を細められ、彼女の頰が薔薇色に染まる。

「ヴィクター様こそ、すごく素敵です」

アマリリスの隣に並んだヴィクターは、ライズ王国の王宮の大きな窓から、雲ひとつない青空の下、熱気に包まれた人々を眺めていた。

「……たくさんの人々が集まってくれているようですね」

ささやかな式を望んでいたアマリリスとヴィクターだったけれど、周囲がそれを許さなかった。ふたりの結婚式の噂を聞きつけた、ライズ王国の国王やルキウス王太子はもちろんのこと、シュヴァール王国の国王をはじめ、ラッセル夫妻や、彼らに助けられた民も、ふたりの結婚を祝うことを熱望したのだ。はじめは戸惑ったふたりだったものの、両国の友好関係にひと役買うのならと、最終的には首を縦に振った。

大規模な式は、ライズ王国の王宮を舞台として行われることになり、ふたりが姿を現す前から、王宮全体が祝賀ムードに包まれている。

「これほど多くの方々が、私たちを祝福するために集まってくださったなんて」

しみじみとアマリリスが呟く。実家では虐げられ続け、突如聖女に祀り上げられたかと思えば、偽聖女の汚名を着せられてシュヴァール王国を追放されたのも、そう遠い昔のことではない。それなのに、今自分がいる場所が驚くほど明るく、そして隣に心から愛する人が寄り添ってくれていることに、アマリリスは信じられないような気持ちでいた。

ヴィクターが、アマリリスの身体をそっと抱き寄せる。

「これは、貴女が人々のためを思い、尽くしてきたことの結果です。今後の期待も込められているのかもしれませんが、貴女がどれだけ民に愛されているのかが伝わってきますね」

ライズ王国で、リドナイトの防具に一緒に魔法を込めた仲間たちや、シュヴァール王国でふたりが救った民、その噂を聞きつけて聖女をひと目見たいとやってきた者たちまで、既に国境を越えて、皆が笑顔で言葉を交わしながら、アマリリスとヴィクターの結婚式を待ち侘びていた。

その様子に、彼女の顔が自然と綻ぶ。

(少しでも、両国の人々の距離が近付くきっかけになったなら)

互いを知り、そして友になることができたなら、戦を起こして命を奪い合うことなど考えなくなるのではないかと、アマリリスは希望を込めてそう願っていた。

アマリリスがヴィクターを見つめてにっこりと笑う。

「ヴィクター様が手を差し伸べてくださってから、私の人生はすっかり変わりました」

魔物に襲われかけていたところをヴィクターに救われてから、まるで明るく温かな光が差して、自分を包んでいた暗い霧が晴れていったようにアマリリスには思えていた。

そして、愛する人とこれからも過ごしていける幸せを、しみじみと噛みしめる。

ドアがノックされ、三人が返事をすると、正装したルキウスがドアの陰から姿を現す。

並んで立つヴィクターとアマリリスの姿に、ルキウスが感慨深げに口を開く。

「ヴィクター、君のこんな晴れ姿を見ることができるなんて、俺も嬉しいよ」

女性からの人気が高かったにもかかわらず、いくら言い寄られても誰にも目もくれなかったヴィクターのことを、ルキウスは思い出していた。

（運命の出会いというのは、本当にあるのかもしれないな）

どれほど互いに想い合い、大切にしているのかが、彼らのそばにいるだけで自然と伝わってくる。ルキウスはアマリリスを見つめて丁寧に一礼した。

「アマリリス様。両国の和睦の象徴とも言えるような、このような素晴らしい日を迎えることができたのは貴女のおかげだ。我が国の窮地を救ってくれたことに、礼を言わせてほしい」

「私の方こそ、この国で温かく迎えていただき感謝しています。ヴィクター様に助けていただいたからこそ、今の私があります」

目を見交わして、はにかむように笑い合う幸せそうなふたりに、ルキウスもつられるように微笑んだ。

「俺はもう行くよ、また式で会うのを楽しみにしている。ヴィクター、アマリリス様、本当におめでとう」

「僕も、先にチャペルに行って待っているね！」

ふたりに手を振ったロルフが、ハッと目を瞠る。まるで天にいるアマリリスの母が微笑みかけているような、窓から差し込む明るい陽射しだけでなく、アマリリスを見守る精霊が放つ眩いばかりの光が、ふたりを祝福するように包み込んでいた。

（師匠とアマリリスさんがいれば、ライズ王国にも、シュヴァール王国にも、きっと明るい未来が待っているんじゃないかな）

ロルフの胸は、そんな確かな予感を覚えていた。

ルキウスとロルフが部屋を去ってから、ヴィクターがアマリリスに微笑みかける。

「さて、私たちもそろそろ行きましょうか」

「はい！」

彼女の胸に抱えられているウェディングブーケには、凛と咲くアマリリスの花があしらわれている。母を思い出しながらアマリリスの花を見つめた彼女に、ヴィクターは一歩近付くと、その目に薄らと滲んでいた涙をそっと指先で拭った。

そして、彼女の唇に、触れるだけのごく軽いキスを落とした。

「……！」

頬を染めたアマリリスを、ヴィクターが優しく見つめる。

「貴女の悲しみも、喜びも、ずっと分かち合っていきたいと思っています。……でも、貴女には笑顔が一番似合いますよ」

包み込むような彼の温かな視線に、アマリリスの顔が花咲くように綻ぶ。アマリリスは、天にいる母と精霊に、ヴィクターと出会わせてくれた幸運への感謝を覚えずにはいられなかった。

「はい、ヴィクター様」
誰より愛しいヴィクターに差し出された手を取ったアマリリスは、ふたりを祝福する人々の待つ、明るい光の中へと踏み出していった。

完

書籍限定書き下ろし番外編

運命に導かれて

盛大な結婚式と披露宴を終えて、ヴィクターとアマリリスは、王宮に用意された来賓用の客室へと移動していた。

屋敷は王宮の目と鼻の先にあったものの、ルキウスから、この日は王宮に泊まっていくようにと勧められ、せっかくの彼の好意に甘えることにしたのだ。ひと足先に屋敷へと戻っていく、笑顔で手を振るロルフを見送ってから、ふたりはようやく客室でひと息ついたところだった。

ひとつ伸びをしたヴィクターが、ウェディングドレスを纏ったままのアマリリスの頭を優しく撫でる。

「疲れたのではありませんか、アマリリス？　今日は一日中、多くの人々に囲まれていましたからね」

アマリリスは微笑んでヴィクターを見上げると、首を横に振った。

「いえ。大好きなヴィクター様の隣で、たくさんの方々に祝福していただけて……とても幸せでした」

人々に向けられたいっぱいの笑顔が、今もアマリリスの胸を温めている。興奮が冷めやらず、まだふわふわとした気持ちのまま、彼女は改めて準備された部屋を見回した。

「……ところで、ルキウス様は、こんなに素敵な部屋を用意してくださっていたのですね」

ふたりだけで使うにはもったいないほど広々とした贅沢な造りの部屋は、高い天井に吊るされた大きなシャンデリアの灯りで温かく照らされていた。部屋に飾られた絵画や上品な調度品は、いずれもひと目で一流品だとわかるものだ。

革張りのソファーの前にある、深い艶のある木のテーブルの上には、飲み物とグラス、そして籠に盛られた果物も用意されていた。

部屋の奥には、天蓋付きのゆったりとしたベッドが設えられている。

「はは、本当ですね。私も、こんなに豪華な部屋が待っているとは知らず、驚きました。ルキウス様のお気持ちだと思って、ありがたく使わせていただきましょうか」

「はい」

大きな窓からは、美しい王宮の中庭が見渡せた。窓の外は既に夕闇に覆われ、空に薄らと残る橙が群青に溶け合っている。ちかちかと瞬く星々に混じって、明るい三日月が輝き始めていた。

月明かりに誘われるように窓辺に歩いていったアマリリスが、夜空を見上げる。ヴィクターもアマリリスの隣に並ぶと、彼女の肩を抱いた。

「アマリリスの母君も、今日の貴女の花嫁姿を、空の上から見ていらしたのではないでしょうか」

「私も、そんな気がしています。ヴィクター様のご両親も、天からヴィクター様を見守ってくださっているのでしょうね」

「ええ、きっと。アマリリスのような素晴らしい妻を得た私を、果報者だと喜んでいるに違いありません」

ヴィクターが窓を開けると、涼やかな風が部屋に吹き込んできた。気持ちのいい風に目を細めながら、再び輝く月を見上げたアマリリスに、彼は楽しげに笑いかける。

「せっかくなら、もっと近くで、アマリリスの晴れ姿を母君に見せてあげましょうか」

「えっ？」

気付けば、アマリリスはヴィクターの腕に抱き上げられて、窓からふわりと夜空に浮かび上がっていた。ヴィクターが少しずつ高度を上げ、王宮や王都の家々に灯り始めた燈火が次第に遠くなっていく。

驚きに目を丸くしていたアマリリスの顔に、すぐにいっぱいの笑みが広がる。

「嬉しいです、ヴィクター様。またこうして、ヴィクター様と空の旅ができるなんて」

星々と三日月が頭上で白く輝き、眼下には遥かな夜景が広がっていた。

ヴィクターの腕に身体を預けながら、アマリリスが彼を見つめる。

「覚えていらっしゃいますか？　ヴィクター様が、私を魔物から助けてくださった時のことを」

ネイトから婚約を破棄され、魔物の巣窟前に放り出された時のことを、アマリリスは遠く思い返していた。

「もちろん覚えていますよ」

「あの時、襲ってくる恐ろしい魔物を前にして、私は死を覚悟する他ありませんでした。走馬灯のように数々の思い出が頭をよぎっていった最後に、私の脳裏に一番はっきりと浮かんだのがヴィクター様だったのです」

「……私、ですか？」

思いがけない彼女の言葉に、ヴィクターが目を瞠る。

「はい。ヴィクター様にもう一度お会いしたいと思った次の瞬間には、貴方様が助けに来てくださって。夢を見ているようで、現実なのか信じられないような気持ちでした」

「そうだったのですね。私も、国境沿いを確認して回っていたあの時、不思議と吸い寄せられるように、貴女のいた場所に足が向いたのです。精霊の導きがあったのかもしれませんね」

アマリリスが、そっと彼の胸に顔を寄せる。

「ヴィクター様の腕から見下ろした美しい景色は、今でもはっきりと覚えています。ヴィクター様が助けてくださったおかげで、貴方様と一緒に向かうライズ王国は輝いて見えました。あの時も、そして今も」

上空から見下ろすライズ王国は、町々の灯りが幻想的に浮かび上がり、きらきらと輝く宝石箱のようだ。

「お慕いするヴィクター様の妻として、これからもずっとおそばにいられるなんて。まるで、幸せな夢の中にいるようです」

ヴィクターは温かな笑みを浮かべると、アマリリスを抱く腕に力を込めた。どんな宝石よりも美しい彼の深い青緑色の瞳が、愛しげに彼女の瞳を覗き込む。

「私も、ひと言では言い表せないほど幸せです。ずっと想い続けてきた貴女が、妻として、こうして私のそばにいてくれる。こんな幸せが、他にあるでしょうか。……そして、これは間違いなく現実ですよ」

彼は高い空の上で、風を纏いながら軽々と大きく旋回した。

「アマリリスの温かな身体も、貴女が守ってくれた町の灯も、頬を撫でていく風も、すべてがここにありますから」

「ふふ、そうですね」

アマリリスも、眼下に広がる人々の息吹を映す灯りに、心地いい涼やかな風、そしてなによりもヴィクターの力強い腕を確かに感じていた。

「さあ、そろそろ戻りましょうか」

「はい、ヴィクター様。……あっ、流れ星」

アマリリスの視線の先で、しんと静かな夜空に、ひと筋の白く輝く光がすうっと流れていった。ヴィクターも、彼女の言葉に頷いて目を細める。

「綺麗ですね」

「ヴィクター様と一緒に見られて、よかったです」

アマリリスは、これからも国の平和が守られ、ヴィクターと共に歩む未来が明るいものになるよう流れ星に願った。

微笑み合うふたりを、遥か頭上から温かな月の光が照らしている。アマリリスには、母の笑顔が月明かりに重なって見えたような気がした。


部屋に戻り、湯浴みを終えて夜着に着替えたアマリリスとヴィクターは、ソファーに並んで腰かけ、グラスを傾けながら会話を楽しんでいた。

一日の疲れが出た様子で、眠そうに目を瞬いたアマリリスを見つめて、ヴィクターが優しく笑う。

「もう寝ましょうか」

「……はい」

ヴィクターは軽々と彼女を腕に抱き上げた。アマリリスの頬に、熱が集まる。

「あの、ヴィクター様⁉」

「はは。さっきもこうして、貴女と一緒に夜空を旅したばかりではありませんか」

空の上をヴィクターの風魔法で飛んでいる時とは違い、部屋の中なら自分で歩けると思ったアマリリスだったけれど、素直に彼に甘えることにした。長い一日を終えて、心地のよい疲労感が全身を巡っている。

ベッドにそっとアマリリスを下ろしたヴィクターが、彼女に尋ねる。

「今夜、貴女の隣で眠ることを、私に許してくれますか？」

胸が激しく高鳴るのを感じながら、さらに頬を色づかせたアマリリスはこくりと頷いた。今夜が結婚して初めての夜だということを、当然彼女も理解している。ベッドの上で、アマリリスの隣にそっと身体を滑り込ませたヴィクターは、気遣わしげに口を開いた。

「……怖くはありませんか？」

ネイトに襲われかけて真っ青になり震えていた彼女を、ヴィクターは思い出していたのだった。彼の温かな心遣いと、そして微かな緊張を感じて、アマリリスは首を横に振ると、自分から彼のもとにゆっくりと近付いた。

恥ずかしそうに、アマリリスがヴィクターの鼓動が聞こえるほどに身体を寄せる。彼は嬉しそうに微笑むと、柔らかく彼女の身体を抱きしめた。

「愛しています、アマリリス」

「私もです、ヴィクター様」

神秘的な青緑色をしたヴィクターの瞳が、ジッと彼女を見つめていた。信じられないほど美しい彼の顔が間近に迫り、ますますアマリリスの胸が高鳴る。彼の瞳の奥には、烟《けむ》るような熱が籠もっていた。ヴィクターの顔が近付き、優しく落とされたキスが、次第に深い口づけへと変わっていく。アマリリスの口から、こらえ切れず甘い吐息が漏れた。

一度離れたヴィクターの唇が、アマリリスの首筋をなぞるように下りていく。愛しさを伝えるような彼のキスに、彼女はくらくらとめまいを覚えていた。唇が落とされた場所も、彼の指先が触れた場所も、どこも燃えるような熱を帯びている。

「ヴィクター、様……」

身体をふるりと震わせた彼女が、たまらず彼に向かって両腕を伸ばす。ヴィクターは大事な宝物に触れるように彼女を抱きしめ返した。背中に残る傷痕まで、労わるように触れるヴィクターに、すべてを受け入れられていることを感じて、アマリリスの胸にじわりと幸せが込み上げる。

アマリリスを安心させるかのように、ヴィクターが耳元で愛していると繰り返し囁く。耳に快い彼のよく通る声まで、今は熱をはらんでいるかのようだ。

大好きなヴィクターの体温に包まれて、アマリリスは身体が甘く蕩けてしまいそうに感じながら、そっと目を閉じた。

＊＊＊

翌朝、ヴィクターは窓の外から聞こえてくる鳥の囀《さえず》りで目を覚ました。少し顔を傾けると、まだ差し込み始めたばかりの朝陽に照らされたアマリリスの寝顔が見える。彼の左腕を枕にして、すうすうと穏やかな寝息を立てている彼女を、彼は溢れんばかりの愛しさを覚えながら見つめていた。

（まるで、無垢な天使のようだ）

ヴィクターが右手を伸ばして、彼女のさらさらとした絹糸のような髪に触れる。シュヴァール王国の王宮で再会した時の、人形のように無表情だったアマリリスとは違い、目の前の彼女は、まるで微笑んでいるような、幸せそうな寝顔をしていた。

出会ってすぐに心を奪われた、幼い日のあどけないアマリリスの寝顔が、隣にいる彼女の顔に重なる。

（……こんな優しい彼女にまったく不似合いな、氷の聖女なんていうふたつ名が付けられるほどに、長い間虐げられていたなんて）

シュヴァール王国の王宮で開かれたパーティーに招かれて、ヴィクターがアマリリスと再び会った時、彼の心は鈍く痛んでいた。初めて会った時よりもずっと美しく成長していた彼女と、長い時を経て再会できたことに、隠し切れず胸が躍ったのも事実だ。けれど、わかっていたこととはいえ、アマリリスはネイトの婚約者として彼の前に現れた。忘れられず想い続けていた女性が、自分以外の男性の婚約者であるという現実を突きつけられたことに加え、彼女はすっかり表情を失くしていた。

アマリリスに挨拶をしてから、ヴィクターはしばらく彼女を目で追っていたけれど、どんな相手の前でも、彼女は愛想笑いどころか、微かに口角を上げることすらなかった。

『氷の聖女』というふたつ名への疑問は解けたものの、より大きな疑問が彼の胸に浮かんだ。花咲くような笑顔を見せてくれた彼女が、どうしてこのように変わってしまったのか。けれど、ロルフの顔色の悪さに気付いて、すぐにやってきてくれた彼女の優しさはヴィクターの胸を温めた。彼と昔会ったことは覚えてはいなかったし、相変わらず無表情ではあったけれど、彼女と話していると、どことなく打ち解けた雰囲気を感じた。

ライズ王国がシュヴァール王国と緊張関係になり、ひいては戦に発展すれば、アマリリスが巻き込まれることも避けられない。けれど、そのことに頭を悩ませる前に、彼女はネイトから婚約解消され、シュヴァール王国から追放された。彼女が魔物の巣窟前で、今にも魔物に襲われそうになっているのを目にした時には、彼の背筋は凍りついた。もう、二度とアマリリスが傷つくことのないようにと、ヴィクターが彼女を自分の手で守ろうと決意した瞬間だった。

アマリリスの背中の傷痕を目にして、彼女が表情を失った理由を知った時にも、怒りのあまりヴィクターの身体は震えた。

(貴女が無事でいてくれて、本当によかった)

彼の長い指が、そっとアマリリスの白銀の髪を梳く。左腕に感じる彼女の頭の重みと温もりが心地よい。

救い出したアマリリスを、腕の中に閉じ込めてしまいたくなる気持ちを、彼は当時ジッと我慢していた。彼女が笑顔を取り戻してくれれば、それでよいのだと自分に言い聞かせたのだ。

虐げられ続けてきた彼女を、師になった自分が傷つけるようなことは、決してしたくはなかった。

そんな彼女が、今では信頼しきった、愛情の籠もった笑みをヴィクターに向けてくれる。安らかな愛らしい寝顔がそばにあるだけで、彼は天にも昇るような気持ちだった。

彼の視線の先で、アマリリスの長い睫毛が微かに震える。

「……ん」

アマリリスの目が開き、澄んだ赤い瞳が、すぐ近くにあるヴィクターの顔を捉える。幾度か目を瞬いた彼女の白い頬が、みるみるうちに染まっていく。

「おはよう、アマリリス」

「ヴィクター様……おはようございます」

恥ずかしそうに微笑んだアマリリスを、彼は愛しげに見つめた。

「身体は大丈夫ですか？」

「はい」

彼の優しさに包まれるように愛された昨晩を思い出し、彼女の頬がさらに熱を帯びる。その時、アマリリスは頭の下にあるヴィクターの腕にハッと気付いた。

「あの、ヴィクター様はひと晩中、こうして腕枕をしてくださっていたのですか。重くはありませんでしたか？」

申し訳なさそうに慌てて頭を上げようとしたアマリリスの柔らかな身体を、ヴィクターがそのまま腕の中に抱きしめる。

「いえ、まったく。貴女の存在と温かな体温が感じられて、とても幸せでした」

「私も幸せです」

赤くなった顔を隠すように、アマリリスは彼の胸に顔を埋めた。

「私、森で迷っていた昔、ヴィクター様に助けていただいた時の夢を見ていたんです」

「おや、そうだったのですか」

「いつも、ヴィクター様は私に手を差し伸べて助けてくださいますね」

染まったままの顔で、アマリリスがヴィクターを見上げる。

「優しくて、お美しくて、天才的な魔法の腕を持っていらして。非の打ちどころのないヴィクター様が私を選んでくださったなんて、今でも信じられないような気がします」

「……私は、そんな大層な人間ではありませんよ」

ヴィクターはふっと遠い目をした。

辺境にある伯爵家で生まれたヴィクターは、幼い頃から非凡な魔法の才能を開花させ、将来を嘱望されて育った。エルフの血が混じる者は、時として奇跡のような力を授かることがあると言われている。まさにそのような天性の才能を授かった彼は、周囲に期待される偶像を演じることに、年端もいかぬ少年の頃から疲れてしまっていた。

ヴィクターの周りには多くの人々が集まってきたものの、表面的なものばかりに目を向ける彼らに、彼は辟易していた。なにに対しても心が動かず、自分にはなにか大切な感情が欠落しているように感じていたヴィクターの胸の穴を埋めたのが、彼が偶然出会ったアマリリスだったのだ。

その後、彼が家を離れていた時に運悪く魔物に襲われた両親が他界し、ヴィクターは喪失感を深めることになる。彼の力と実績が王家に認められ、侯爵位を賜ってからも、彼の空虚な心は変わらなかった。行き場を失くしていたロルフを弟子に迎え入れ、家族のように大切にしてはいたけれど、依然として、他の人々とは一定の距離を取り続けていたのだ。

そんな彼の心を動かすのは、やはりアマリリスの他にいなかった。

「私の方こそ、誰より愛しいアマリリスがこうしてそばにいてくれて、感謝しています」

アマリリスの髪を撫でると、ヴィクターは優しく彼女に口づけた。長く甘いキスの後で、アマリリスが幸せそうにふわりと顔を綻ばせる。

「ヴィクター様が、私を見つけてくださってよかった」

「これもきっと、運命ですよ」

ヴィクターがにっこりと笑う。彼の口から初めて運命という言葉を聞いた時には、戸惑いを隠せずにいたアマリリスだったけれど、今では、彼との出会いは確かに運命だと感じられた。いつもそばで見守っていてくれる精霊と、天の上の母、そして奇跡のような運命の導きに、胸の中で感謝の言葉を唱える。

再びヴィクターの腕にギュッと抱きしめられたアマリリスを、窓から差す朝の眩しい陽射しが明るく照らしていた。

完

あとがき

こんにちは、作者の瑪々子と申します。このたびは、本書をお手に取ってくださってとても嬉しく思います。

本作品は、ヒロインの婚約者だった王太子が隣国に戦争を仕掛けようとし、ヒロインが彼を止めようとしたことから動き始めますが、現実の世界で起きている、聞いているだけで胸が痛むような戦争のニュースからも影響を受けています。争いの背景にある問題は、長い歴史を通じて根深いのだと思いますが、どのような理由があるにせよ、人々が傷つき、尊い命が失われるのは悲しいことです。

現実の世界では難しいところもあるのかもしれませんが、平和を守るために自分を貫くヒロインと、彼女を一途に支えるヒーローが報われてほしいと、そんな気持ちも込めています。もしも人々が、対立する争いの場でなく、一対一の人間として別の場所で出会っていたなら、怒りや憎しみの代わりに、友情を育むこともできたのではないかという思いも登場人物の言葉を借りました。

真面目なことをいろいろと書いてしまいましたが、本作品の主軸になっているのは、ヒロインのアマリリスと、ヒーローのヴィクターの恋愛模様です。不幸な生い立ちで傷ついていたアマリリスが、ヴィクターの愛情に包まれ、次第に癒されて、その力を花開かせていく様子を、是非見守っていただけたらと思います。

この作品の書籍化にあたっては、たくさんの方々に助けていただきました。温かなアドバイスをくださりながらずっと並走してくださった編集者のＭＴ様、大変お世話になりました！　細やかで手厚いサポートに頼りきりでした。ＮＳ様、優しくも鋭い視点でくださった的確な助言に感謝しています！　そして、素晴らしいイラストを描いてくださった雪子《ゆきこ》先生。表紙ラフをひと目見た時、美麗なアマリリスとヴィクターに感激で胸がいっぱいになりました。表情豊かなキャラクターたちと、細部に至るまで美しいイラストをありがとうございました！

また、無事に出版を迎えられたのは、美しいカバーデザインをしてくださったデザイナー様、本文を丁寧にご確認いただいた校正者様など、本作品に携わってくださったすべての方々のおかげです。この場を借りて、心よりお礼申し上げます。

最後に、この本をお手に取ってお迎えくださった皆様、本当にありがとうございます。こうしてたくさんの方々の支えのもと書きあげた本を読んでいただけることに、感謝してもしきれない思いです。作者の私は、なにより読者の皆様の励ましに支えられていることをお伝えさせてください。皆様に本書を楽しんでいただけるよう、心から願っております。

瑪々子《めめこ》

偽物と捨てられた氷の聖女は、敵国で幸せを掴む
～妹に濡れ衣を着せられましたが、追放先で待っていたのは溺愛でした～

2024年5月5日　初版第1刷発行

著　者　瑪々子

発行人　菊地修一

発行所　スターツ出版株式会社

〒104-0031　東京都中央区京橋1-3-1　八重洲口大栄ビル7F
TEL　03-6202-0386　(出版マーケティンググループ)
TEL　050-5538-5679（書店様向けご注文専用ダイヤル）
URL　https://starts-pub.jp/

印刷所　大日本印刷株式会社

ISBN　978-4-8137-9332-8　C0093　Printed in Japan

［瑪々子先生へのファンレター宛先］
〒104-0031　東京都中央区京橋1-3-1　八重洲口大栄ビル7F
スターツ出版（株）　書籍編集部気付　瑪々子先生

BF
ベリーズファンタジー
スイート

ワクキュン！　心ときめく

ベリーズファンタジースイート

引きこもり
令嬢は
皇妃になんて
なりたくない！
強面皇帝の溺愛が
駄々漏れで困ります
著・百門一新
イラスト・双葉はづき
強面皇帝の心の声は
溺愛が駄々洩れで…!?

定価:1430円（本体1300円＋税10%）　ISBN 978-4-8137-9225-3